善書坊

伏 羲

刘恒 —— 著

伏 羲

陕西师范大学出版总社

图书代号：WX20N2198

图书在版编目（CIP）数据

伏羲伏羲/刘恒著.—西安：陕西师范大学出版总社有限公司，2021.3
ISBN 978-7-5695-1997-6

Ⅰ.①伏… Ⅱ.①刘… Ⅲ.①中篇小说—中国—当代 Ⅳ.①I247.5

中国版本图书馆CIP数据核字（2020）第209070号

伏羲伏羲
FUXI FUXI

刘恒 著

出 版 人	刘东风	
策划编辑	郭永新 舒 敏	
责任编辑	舒 敏	
责任校对	张 佩	
封面设计	主语设计	
出版发行	陕西师范大学出版总社	
	（西安市长安南路199号 邮编 710062）	
网 址	http://www.snupg.com	
印 刷	山东临沂新华印刷物流集团有限责任公司	
开 本	787mm×1092mm 1/32	
印 张	4.875	
插 页	4	
字 数	74千	
版 次	2021年3月第1版	
印 次	2021年3月第1次印刷	
书 号	ISBN 978-7-5695-1997-6	
定 价	36.00元	

读者购书、书店添货或发现印刷装订问题，请与本公司营销部联系、调换。
电话：（029）85307864　85303629　传真：（029）85303879

一

话说民国三十三年（1944）寒露和霜降之间的某个逢双的阴历白昼，在阴阳先生摇头晃脑的策划之下成了洪水峪小地主杨金山的娶亲吉日。早晨天气很好，不到五十岁的杨金山骑着自家的青骡子，他的亲侄儿杨天青骑着一头借来的小草驴，俩人一前一后双双踏上了去史家营接亲的崎岖山道。太阳已经高过岭脊，雾蒙蒙的像个让南瓜汤泡碎了的鸡蛋黄。杨金山在骡子腰上晃来晃去，脑袋上的礼帽像个掀翻了而倒扣着的灯碗。十六岁的杨天青秃头刮得白而又白，在秋日肃冷的早风中闪着天真而健康、喜悦而生动的光芒。他们和他们胯下的牲口在山顶消失之后，疲软的太阳也随即消失，阴云四溢，风里流窜出阴沉的潮味儿。挨到晌午终于下起了雨。起初像老人的尿，不久便如线如注，山谷内外沙沙沙响得连声了。等着喝喜酒的人纷纷跳着脚回家,剩几个耐性大的聚在屋檐下抽烟袋,酸溜溜地预言着新娘子的长相。都说史家营王麻子的二闺女长得奇俊,又是谁都不曾见过,便七嘴八舌连荤带素地把她描成一棵水汪汪的嫩芽,叹息这生灵要由杨金山来糟蹋了。倒不是觉着他不配,而是认为他的福气未免太大了些。没有三十亩山地的家当,别说二十岁的雏儿,就是脱了毛的母羊也未必看得上那条瘦弱虚空的汉子。杨金山不是本事很大的男人,阳气颇衰微的。他和前妻在一条土炕上滚了差不多足有三十来年,却没有任何造就,此乃最好的证据。日本人替他清了这笔账。他们头一次来洪水峪扫荡那天,金山的前妻恰好在落马岭的芝麻地里锄草,隔着老宽老宽的一条山谷,哪个瞎了眼的鬼子一枪就把这个汗淋淋的不会养孩子的女人毙掉了。人家把她当成了老八团神出鬼没的游击兵。抗日战争最吃紧那几年,小地主杨金山朝思暮想的是造一个孩子,为造一个孩子而找一个合适的同谋。他对年轻女人产生了异乎寻常的兴趣。尽管他的最终目的是顺利地制造一个健康的后代,然而眼下假如没有瘟头瘟脑的侄子在跟前碍眼,他深感自己会从被雨淋湿的骡子背上腾空而起,像只老鹰似的向那个骑着毛驴的女人扫过去,扑过去,压过去,了结一种浓厚的趣味。

女人唤作王菊豆,双十的年纪,生着杨树般颀长的身材和一团小蘑菇似的粉脸。她用两条直溜溜的长腿卡着那头活泼的小草驴,稳重地沿着下行的山道移动。红袄闪耀,像一堆阴雨浇不灭的火,淋了雨的发髻黑油油地放光,又像一大块烧乏了的乌炭。

"天青,看摔了你婶儿!"

天青两脚泥巴,闪闪跌跌地走在毛驴和骡子之间,用枯树枝懒洋洋地却又不停顿地去拂扫那头驴子的后部。他不是嫌牲口走得慢,而是在忍受一种深刻且神秘的无聊。他每扫一下,草驴就默契地甩动尾巴,无意识地将排泄器官露给他欣赏。他神情木讷得很,似乎沉浸于某种困难的研究,被众多细节诱惑了。

"天青,到头里牵住缰绳。"

山道呈现了一个坡度,杨金山看到前边的驴蹄子在打滑,有些不放心。侄子漫不经心的样子也让他恼火。

做叔叔的竟然不知道,十六岁的后生大抵也是饱含了某种趣味的。

二

天青依照吩咐绕近驴脑袋,一手扯住牛皮短缰,一手拽住粗麻笼头,手指肚触到了热乎乎软乎乎湿乎乎的牲口下巴。不由地回脸看了看,雨丝后面的脸蛋子让他吃了一惊。在史家营看到的那片如云如霞的胭脂全坏了,花嗒嗒的雨迹纵流横淌,像一颗纹络美观的落了秧的熟南瓜。天青忽而想到,应该用一块干干的清洁的白布把这个南瓜包起来,最好是把它揣到怀里。天青忽而又感到空虚,他牵着毛驴在泥道盘桓,觉得自己正一丝一丝地化成漫天雨雾中的一股凉气。秋雨破坏了他叔叔的喜事,也把他无忧无虑的心境破坏了。

"到石堂子避避雨不?雨大了。"

"湿也湿了,走吧。"

"天青,把我的衫子给你婶儿披上。"

"不啦！湿也湿了……"

婶子的声音很细微，但叔叔却不再有新的言语和动作了，天青没有回头，耳朵里只有吧唧吧唧的声音，是牲口的八只硬蹄和自己的两只脚在泥水里活动。驴唇把一些暖气喷到他手背上，痒痒的却是光光的脑壳和后脖颈，似乎是女人嘴里的气在吹他。

后来，雨就大得不行了。离石板茬三里地的谷口有一间石堂子，像扩张的蛤蟆嘴一样对着泥泞的小路。叔叔骂骂咧咧地从骡鞍鞒上跳下来，又捧油罐子似的把女人抱到地上。婶子钻进了蛤蟆嘴，叔叔也挤进去了，天青凑到跟前，发觉里面已没有多大余地。叔叔和婶子的眼睛表达着完全相反的意思，天青就闹不明白自己到底该不该进去。叔叔的目光更确凿，天青便知道自己是进不去的了。

"你到林子里找地界儿避避，拴牢牲口，小心让秋雷惊了狗日的。"

天青走了几步，叔叔又追上来扔给他一条羊肚子汗巾，把沉甸甸的礼帽也移到他头上。石堂子里黑洞洞的，然而天青分明感到婶子的眼睛射出了许多温暖，使他感动，也使他更加委屈。他在几十丈开外的椴木林子里拴上牲口，靠着树干蹲了一会儿，然后犹犹豫豫地钻到断崖下面的草凹子里去了。

雨在植物和土地上打出冷凄凄的声音，又夹杂了一些火辣辣热爆爆的响动。草丛后面的天青完全着了迷，恍惚发现了神奇的景象，死呆呆地惊住了。婶子似乎尖叫了一声。他以为婶子似乎是愉快地要么就是愤怒地尖锐咆哮了一声。天青把秃脑袋探到雨里，拼命地摆布两只湿漉漉的耳朵，结果他什么都听不到了，只体味了大雨凉冰冰的急骤的运动。蛤蟆嘴那边没有声息，但是老天爷显然正在协助叔叔静悄悄地完成某种事项。秋天的淫雨拖延了喜事，却又使它在实质问题上提前了。当三人两畜重新踏上山道，十六岁的杨天青已经不需要任何证据。婶子的腰肢不胜娇懒，红袄的肩背上染了石堂子里的干土末子，胭脂的一部分也涂到叔叔的额上及腮上去了，连耳郭都挂了一块淡淡的猩红。叔叔叭叭地吐着痰水，咳嗽着，在鞍轿上东张西望，样子十分地满足。婶子埋着眼，脸蛋子粉得依旧，像是快活，也像是不快活，周身笼罩着清凌凌的仙气。真正难过的是天青,不晓得饥冷的壮身坯此时完全疲乏,明明在牵着驴走,却感到腿上背上脑壳上有牲口蹄子不住践踏,执意要把他跺到烂泥里去。由女人压着的那头驴,倒似乎有着比他更好一些的处境,他便毫无来由地尽情地骂它。

"狗日的,你瞎了不成!"

"畜生!懒得你!"

他梗着脖子,像个发了脾气的泥猴儿,惹得叔叔在后边哧哧地笑起来。

"天青,时辰咋着也耽误啦,不急。"

"侄子,累了就歇歇……"

听到婶子的声音他几乎要哭,立即安静了,很羞怯地垂着头,走得比牲口还稳重。做叔叔的的确不知道,侄子心里的那些趣味是很脆弱的。天青自己也不知道,背后那张粉嘟嘟的嫩脸使他到底想了些什么。前晌他跟着叔叔欢天喜地地进了史家营王麻子的宅院,出来的时候却揣了一脑袋古怪的念头。他惊讶未来的婶子竟有那么小小的一张薄嘴,又惊讶她的身材,细细长长的像一棵好树。随后他的感觉就平淡了，隐伏起来了。路上，那头小草驴意外地给了他大量的新鲜感，绵绵而至的秋雨又使他感到莫名其妙的忧伤。叔叔的言行举止变得越来越愚蠢。天青嘟嘟囔囔骂那头驴骂得有些累的时候，突然醒悟到他是在骂他的叔叔。他不理会叔叔哧哧的笑声，但他疑心婶子听出了什么，她的暗示通过那头驴传达到他扯着缰绳的手上，他的回答是赶紧闭嘴。他之所以想哭是他自以为和那年轻女人之间有着一种默契，她每看他一眼，都让他觉得是在青玉米地里锄草，棒子叶在割他的胸脯子，又痒又痛。他不看她，但知道她脸上的胭脂像血一样。他想拿舌头去舔它们，他想舔它们的时候觉得衣服里爬着一条蛇，围着他的身子绕来绕去，使他刺痒得浑身乱颤。他表面上是牵驴引路，却在心窝里向一张俊俏柔嫩的脸蛋子伸出了肉滚滚的年轻舌头。他终于明白了自己想干什么，明白之后反而一举陷入了更大的糊涂。他再次咒骂那头驴，便是很明确地骂着自己，骂着使他烦恼的一切了。

因为路不好走，因为避雨，也因为避雨时发生了重要的事件，杨金山一行返回洪水峪时，村落已经埋入黄昏。

雨后的村巷里竖着些稀稀落落的身影,黑蓝的山岗上一些鸟在活泼地啼叫,谷底的山溪暴涨,轰轰隆隆地向低处倾泻,声音响得老远。

亲族里帮忙的妇人将备好的食物端出来,贺喜的人聚在炕上、地上、院子中,坐着蹲着站着往嘴里塞了些冰凉的物件儿,不久便散去了。二道婚没有多大仪式,也没有洞房可闹。新娘子很喜人,不能趁乱摸一摸委实可惜,但老规矩是不能破的。洪水峪的秋日一向晴朗,而今落下这么大的雨水,可见这门亲事不遂老天爷的心意。人们只在肚子里掂量这一层,没有哪个嘴来点透它。事后,一些多事的人编派新娘子,说她人生得俊,但是没有吃相。依据是她吞粉条时的样子像吃面,嘴片片弄出了太大的响动,很蠢。他们不知道她饿了,也不知道这对得意扬扬的杨金山来说几乎算不了什么。女人做事很泼脱,只有他才明白,因为她肥硕的身子也是泼脱的比麻袋似的前妻强得远。他只担心这对手会掏空了自己。

想入非非的杨天青却是乏顿了,钻进小厢房便鼾声如雷,竟忘了半夜起来给叔叔那头青骡子填喂草料。饥饿的牲口在槽头上愤愤地磨牙，声音盖过了大北屋持续到后半夜的零乱喘息和男主人的湿润的咳嗽声。

民国三十三年寒露和霜降之间那个落雨的秋日，一头小草驴为洪水峪驮来了一位美貌的年轻妇人。不论从哪方面来说这都是个值得纪念的日子。日本人正在周围的山地全面退却；老八团派出的工作队渗透过来开展减租减息；小地主杨金山因为用三十亩山地里的二十亩换来一个小娘儿们，从而摆脱了负担，开始全心全意奋不顾身地制造他的后代。至于杨天青么，这日子意味了他的觉醒。他仓促地持久地维护了自己的情欲。他爱上了他的婶子。依照文静的说法，他是一见钟情的了。尽管他的念头掺了不少下作，然而他的表现并没有跌到一般情人的标准以下去。

那些瓜葛都是十六岁以后的事了。

杨天青没有父母兄弟。曾经有过，后来没有了。十一岁那年夏天，父亲杨金河在玉石沟南坡上掏了个地窝子，领着全家在荒草梁子上烧地造田。一日傍晚，父亲指使天青到村里找金山叔叔借口粮，因为突降暴雨他便在叔叔家宿了一夜。第二天背了五升玉米早早地赶回玉石沟，发觉整个南坡已经变了模样。几十亩大小的一坡树木连同刚刚开出的几垄新地全都滑跌了，几乎填平了山谷，地窝子和睡在里面的亲人自然也都埋了进去。死的活的再不能晤面，万恶的鼓龙包只一夜便使他成了孤儿，连一颗牙一块碗片都不给他找到。他试着找过的，然而泥石流凝固得像岩石一样坚硬，只徒然地磨烂了一双小手。

叔叔杨金山收养了他。有心把侄子当儿子对待，无奈小崽子就是不认爹，只认叔，始终不大亲近。叔叔把田产割一角，父亲也不至于到玉石沟烧荒，父母兄长也就不至于丧掉性命。他是怨着叔叔的。杨金山脑筋活络，索性将侄子做了长工，吃穿都好，交派的也多是细活儿，骨子里却隔得分明而透彻。

金山不指望天青，他就不信自己遗不下一块血亲骨肉。只要能有个儿子，倾家荡产也干，把王麻子的二闺女生吞了也干！小娘儿们算个什么东西？她是他的地，任他犁任他种；她是他的牲口，就像他的青骡子，可以随着心意骑她抽她使唤她！她还是供他吃的肉饼，什么时候饥馋了就什么时候抓过来，香甜地或者凶狠地咬上一口。花二十亩地的大价换个嫩人，他得足够地充分地使用她。他一次又一次把她掀翻在炕席上，就确信自己是在讨债。讨债的人来不得多少情面，挂一脸杀气便是了。和别的男人女人差不多，他给了她许多凶暴的夜晚，又比别人少些冷静和温存，连侄子都看出那女人正在迅速枯萎。大半年干下来，看不到未来的儿子有什么动静，女人的肚皮平得像鼓，有弹性却没有货色。杨金山弄得真是累了，紧要关头老是咳得上不来气，气不足便里里外外落个软软软，很有些悲哀。身子明明显露不行，动得反而更勤奋，似乎要把被窝里的自己和别人一块儿毁掉。他在女人眼里就成了野兽，自己倒并不觉得，以为狠得出邪也是分内的事，于己于她都是必需的。必需的事项不只一件，炕上不饶人，田地里更是不饶人，娘儿们是家里另一个只吃饭不领钱的长工，地位并不在天青以上。伏天扎在棒子地里锄草，汗气呼啦的小婶子让杨天青不断地生出复杂情绪，既有纯洁的无形的关怀，也有同命相怜的悲悯。除了这些，便是那健康的肢体所引发的无穷尽的潜在的放肆了。只要叔叔的眼睛不在，天青的眼睛就能得到有限的自由，使他有胆量有机会把视线抛到婶子的腰上腿上和别的生动处，深深浅浅上上下下地反复纠缠。这田野是天宽地阔而没有先生的私塾，天青自习着人生的学问，将最有底蕴最有趣味的书来天天捧阅。那女人迟钝些，不曾料想侄子竟有所企图，自己的每一页正被个小后生哗哗地掀开来。天青最初爱读的，恐怕是从后面看过去的她的撅着屁股锄地的样子。如果她知道这秘密，怕要收缩起来，不会那么欣然翘然了。

"婶子，你歇歇，我多拉几锄就有啦！"

婶子笑悠悠歇下来，能让天青感到极大满足，锄片子顿时拉得生风。他喜欢给婶子表演，让她看看他有多么强壮、多么仁义。免不了给一番夸奖，也免不了递汗巾和水罐给他。天青就被快乐托得飘起来，觉得苦乏的日月真好，婶子真好，自己真好，连叔叔也是好的了。杨金山活该倒霉，眼看侄子一天比一天勤快，白天做活勇猛，夜里不用招呼就爬起来喂骡子，他竟不加考究地逢人便夸："这孩子晓得事理了，出息了！"确实晓得事理了，但是天青把玩的事理要丰厚活泼些，不像他叔叔考虑得那么简约。天青得到快乐，得到更多的却是忧愁。读书读得生厌，他便迫切地需要行动了,身坯里涌出杂乱的号召,却不给一丝明确的指示,他简直不知道该怎样处置自己的手脚。炎热的夏夜里把自己赤条条地往破苇席子上一摔,翻来覆去地烙饼,手指头不免舞些鬼使神差的勾当。一夜复一夜,不论醒着还是睡着,天青脑袋里乱纷纷的全是破碎的梦,美梦。梦里难言的景象每覆灭一次,他的悲哀就加一层,仿佛在与向往的人和事做永久的诀别。他不相信自己能够确切地完成那件事。在白日梦里做得如醉如痴若颠若狂,在真日子真地界里却根本做不到,他甚至不敢用调皮的目光看她一眼。她终日笼罩着仙气,一举手一投足都引来他几乎没有理由的敬仰。她耳后发丝里那块蜘蛛似的黑痣,让他崇拜了足有半年,以后他又看上了她扭头看东西或说话的样子。不是具体器官,而是一种笼统的神态让他喜欢得不行。每当她由于各种因素扭过头来,那条扭曲的脖子和一高一低的肩膀就让他心灵抖动,想甜蜜地哼哼一下,就像接受温存的抚摸似的。外人没有发现杨天青吃饭睡觉走路干活儿的模样与以往有什么区别,每天从村巷村口过路,总是那几个晒阳儿的老人评价他。今天说胖了,明天又说瘦了且高了,他们似乎把握着小后生的许多体态变迁,然而即使饱经沧桑的人也没发现这个忠厚仁义的年轻人已经走火入魔。只有杨天青明白,自己眼看就要完蛋了。

正在降临的是又一个初秋,天青依照叔叔的盼咐给厢房的火炕整理烟道,不畅通的地方太多,索性把整个炕面和烟囱底部全给刨开了。山墙原本就和烟囱垒在一起,烟膛子一塌,很结实的墙竟也牵连着露出拳头大的一个白洞,透亮了。天青起初没有发现它的意义,他专心致志地清扫堵塞了烟道的柴草灰,直至那个露洞的另一边传来惊心动魄的声音。不知聆听了几秒,他的脸腾一下飞出了红霞,腿肚子抽筋似的抖起来。不知又过了几秒,一个重要的决断迅速完成。他像猫一样从坑洼不平的炕道爬到山墙跟前去,又像贼一样把苍白的面孔贴近可供瞭望的神秘洞穴。反应过于敏捷,动作也太露骨,这些都令人羞愧,然而杨天青完全陷入了恬不知耻的状态,只想切切实实地张望一下而已。这个望一眼的欲望已经把他折磨得太久,也把他折磨得太残酷了。他弓在炕角,没有呼吸,没有动作，好像在积聚力量随时准备子弹出膛似的射过墙洞，一下子击中目标。

那种声音又持续了片刻，但杨天青什么也没看到。角度有问题。山墙外面是猪圈，也是一家人排泄的场所，人或站或蹲的部位在圈门附近。那个新生的小洞恰好嵌在死角上，只能看到猪圈的一部分，只有猪而没有人的那一部分。天青却不肯离开，头皮和额头因为调整姿势而交替摩擦废烟道的石头内壁，满面星星块块地涂了柴草灰，像一头野性即将发作的恶魔。喷溅的声音还是终止了。接着是肢体伸展和摆弄衣服的声音，再接着是跨越圈门和在院子的石板地上踏踏走路的声音。它没有任何犹豫地响到灶间里去，静了一会儿，又没有任何负担地愉快地朝小厢房响过来了。女人迈进门槛，在屋顶底下炕道上边看到的是个类似山神庙里的泥胎似的东西。天青用直挺挺的脊背抵着那面墙，一条腿压在屁股下面，另一条腿像半截枯树干搭在炕土上边，是个非常仓促也非常可疑的姿态。女人的欣赏不深入，只浅浅地笑了笑。

"咋弄个包公相哩！不会干轻些？"

"婶子……麻地的活儿净了吧?"

"麻棵子生得粗,不好割,还立着小半坡哩!你叔晌午不回来,让我把饭送过去……缸里没水,你歇口气挑一担咋着?"

"我挑……"

"歇歇就去吧。"

"我去。"

"到水泉把脸擦洗擦洗,看脏的!"

"……我洗。"

天青嘴巴子应得利索,就是不能动弹。僵硬的身子已经松弛下来,可墙壁上似乎仍有一只手死揪着他不放。女人疑惑地看看他,以为累煞了,又递出一个微笑便走出去。天青软绵绵地下了炕,没忘记摸一块垒石把那个不要脸的洞洞塞住。担起水桶往水泉慢慢走,老觉得婶子蜜一样的笑里有那个鬼洞洞的原因,羞惭得心都要从嘴里蹦出来了。不久便释然,深感那是个天知地知的秘密,用不着责怪的。等着听到水泉潺潺的流动声,他早把惊恐忘到脑后,并且极迅捷地想着另一种水的音响了。

山泉从岩石缝儿里渗出来，积成磨盘大的水池，又从四周溢出去，亮闪闪地注入谷底的溪流。天青舀满了水桶，然后把整个脑袋扎进透明的泉眼。水很凉，激得头皮和五官一块儿疼痛起来。他像儿马一样嗖地昂起下巴，嗷嗷地吼了几声，听凭脸上的水珠沿着脖子往下淌，打湿他的衣襟和衣领。他撩起袖子擦脸，看见了婶子给他打的补丁，平时不在意，而今却以为那旧布就是花朵，密匝匝的针脚便是奇异的花边儿了。

那天后晌，天青使炕道通畅之后没有来得及干别的。山墙和烟囱的修复推迟到第二天。麻地里有不少活儿需要扫尾，沤麻的池子也没有掏好，金山夫妇一大早便离了院子，剩天青一个人愁眉苦脸地搅泥巴砌墙。不是没干过泥瓦活儿，可这道墙似乎特别难砌。石头跟石头不接缝，泥也稀溜溜地粘不住，瓦刀哆哆嗦嗦地竟险些砍了手背。杨天青止不住心猿意马，可是好歹把该垒的都垒起来了，在工程的细节上还体现了自己的创造。他在猪圈那一边的外墙上钉了五个枣木楔子，把屋檐下乱摆的锈犁、破筐、烂篓统统用绳子系了挂在那儿，透出一种说不上来的合适和整洁。叔叔见了这个发明,不仅不挑剔,反而很愉快地看着吊在半空的破烂,对天青言道:"你咋日弄的哩!不赖!多砸几个桩桩,把狗日碍眼的玩意儿全吊上去晒着。"

天青显得过于腼腆,经不住夸奖似的。杨金山和王菊豆都没弄懂,侄子那是做贼心虚,地地道道的做贼心虚。他们让他骗了。他在第一回合就让他的对手吃了败仗。

三天后的一天凌晨,杨天青借助黎明前的昏暗和积蓄已久的胆量,把炕里角靠山墙竖着的粮食口袋往左挪了半尺,把另一条一模一样的粮食口袋往右挪了半尺。他手持瓦刀把一块马马虎虎的墙皮磕了下来。他摸到了像瓶塞子一样的可以活动的石头,形状很熟悉,但他没有立即拔它。这个沉甸甸的阴谋使他不能不谨慎从事,况且那种渴望也让他害怕。公鸡正准备第三遍啼叫,婶子尚未起身,圈棚里有那头猪的鼾声。时间尚早,做不做揪心事,还不是来不及细想。天青的思索仍旧没有得到明确的结论,他一边诅骂自己,一边把那块瓶塞子或小抽屉似的石头拔了下来,小股秋风挟着猪圈味道直扑上他的面孔。他什么也不看,倦懒地钻回被窝,捧着脑袋继续思考。他不担心角度问题，那是细心测量过的。他也不担心败露，内孔有粮食口袋掩着，外孔隐藏在装烂棉花的破筐后面，视线的通道是筐壁上的残洞，在外人眼里绝不会察出破绽的。他不担心这些外在的琐事。他疑虑的是自身。如此下作是否对不住美丽的婶子？看一看果真会舒服吗，更不舒服了怎么办？喜欢一个人是否应该只看她的脸而不要冒犯她别的地方？婶子让他看不够想不够到底是怎么回事，莫非前世生了缘分？天青不停地问自己，也为自己找着理由。他的自问远不到清晰的程度，他伏在小厢房光滑的炕席上思绪纷纭，像在脑子里煮着一锅烂粥。他想象老天爷，想象山神，但它们并不打算救他，只有婶子在脑海里亲切地向他招手。

杨天青一直合不上眼，听天由命地瞧着正在退去的夜。黑色蓝起来，蓝得不稳固，顷刻之间就淡了白了，一切都清清楚楚地重新回到眼里。

北屋的门轴响了几声，没有咳嗽，因而肯定不是叔叔，杨天青箭上弦刀出鞘似的紧张起来。她走到院子里了，打开鸡窝了，走进灶间了，把柴火扔地上了，她朝猪圈这边走过来了,她的腿碰响圈门的木栅栏终于跨到站到蹲到那个奇妙的老地方来了!

杨天青呼吸不畅,觉得自己正在死,灵魂已从脚心逃了出去。他披着一角被子,紧紧偎着粮食口袋,把一只瞪得发麻的眼睛哆哆嗦嗦地向透亮的洞穴逼近。目光穿透山墙和墙外挂着的破筐头,劈开早晨淡淡的薄雾,闪电般地照亮了一个陌生新奇而又无比鲜艳的世界。拥有这世界的无意中敞开了自己,让初涉而稚嫩的惊诧于它的高低和它的黑白,且让他为一些形状和颜色而深深迷醉。它不该是这个样子。它理应是这个样子。因为它不可能有比这更适宜的样子。天青终于读到了最隐秘最细致的一页,震惊得眼花缭乱。紧张中得到一些满足,却留下更多的不懂,不懂蔓延开来,使他对自己膨胀的身体也不大理解了。

天青的感觉是饮了一缸烈酒,薄脸皮紫了足有十天。他见人耷拉脑袋,不爱说话,出门进门像飘着一条影子。做活比往日更狠,也更有耐性。金山两口子拾掇一天秋菜的工夫,他一个人去落马岭刨净了小一亩的山药,还把干秧子全数背到猪圈沤了冬肥。金山往清水镇运秋粮换钱,徒手赶一匹骡子。天青背一架粮食跟着他。骡子前晌到，天青晌午刚过也到了，肩上的分量一上秤，比骡子驮的少不上一寸秤杆。叔叔在摊子上买大饼喂他，这不言不语的侄子吞起来就没了斤两，胃口壮得让人不放心。长辈似乎刚刚发觉，眼前的后生至少高出他半头，眨眼间生成一条大汉了。可喜的是性子越来越温厚平和，只是常常愣呆呆地看山看云，心事仿佛很沉重。金山也不去探讨，以为这孩子有些愚木，于做活无碍便无须理会了。他不知道这侄子讨了他多大的牺牲，他当然更不知道在小厢房徐徐展开的那个阴谋，和他最珍贵的一份财产所处的微妙而危险的处境。他实实在在地大意了。

因为劳累，天青睡眠的声音很大，咬牙、打鼾、甩胳膊、吧嗒嘴唇，然而这并没有妨碍他不时地选择一个恰当的机会来重温赏心悦目的旧课。体态轻盈的王菊豆无意地配合了他，而且似乎准备无限期地配合下去。就像村中老人们屡屡到山神庙烧香磕头一样，天青找到了最令他神往的膜拜仪式。他侵入了一个崭新的天地，灵魂也随之升华。他的悟性来自视觉，由饥渴而至放肆，由放肆而至虔诚,最终知道了喜欢一个人不仅是喜欢她裹了布衣的表象,而且要喜欢到丝丝缕缕,包括每一块皮和每一根毛发。天青对婶子的喜欢不知不觉间已经达到格外纯粹的地步,无可挽回,也不可救药了。他正在逐步地忽略叔叔的存在。

杨金山照旧在女人身上磨他的功夫,一如既往地做着关于儿孙的老梦。王菊豆则疲乏了,为自己也为男人悲哀,好在日出日落无比仓促,使她没有多少机会闲散和叹息,她把身心全部交给了维持家业和生命的各项活动,极本分的。

那是些平静的日子。日本人已经败了,山外或许添了许多热闹,洪水峪却没有大的事件。老八团由北山梁翻过来猛虎一样往南岭开拔,路经村子连个短歇都不留,气昂昂地走了过去。民兵队招呼各家备水备干粮伺候大军,杨金山只让天青拎去一桶烧开的泉水,女人想烙几张饼却让喝住了。

"显你家富足?咋就没个心肺!"

他立在道边看那强壮的队伍,看得无趣了,就拦住一个喝水的兵,想问问。

"日本人踏实了?"

"踏实了!"

"真走了不成?"

"滚他娘的蛋啦!"

"……哪个来?"

"啥?"

"问哪个来哩!"

"眼下不是来了。"

八路的下巴上淌着水,晃着大枪蹽出去了。这兵也就是天青的年纪,眉眼生得怪扎实。前妻如果有本领,生一东西给他,总该有这么大了。可惜她竟是个废物。真有这么威猛的儿子,他绝不会送他去吃军粮。终归是没有,什么也没有,想到这一层金山那颗心就酸麻了。扭过脑袋看到菊豆在摸索一个女兵的袖子,肠子里的邪火嗖的一下便燎上了头顶。看她一脸贱气,不确确凿凿也是个废物么?

"给我回家!饭煳到锅上老子宰你!"

菊豆刷一下白了脸,哆嗦着离开了。女兵或许认为她是儿媳妇,是女儿,然而都不像。一边的蛮横和另一边的驯顺完全昭示了一种关系,那是乡野亘古难变的牢固组合,任何力量都无法摇撼它的。

天青扎在人堆里,用充血的眼睛盯着他的叔叔。婶子屈辱的背影伤了他的心,连老八团新奇的枪炮也无意端详了。

"咱们看谁宰了谁吧!"

他在心里把这个怒吼扔给他的叔叔。她是他的神。看哪个敢碰她!十七岁的杨天青顶着一颗亮晃晃的秃头,准备一跃而起了。

"天青,有啥看头儿?家去喂喂骡子,先到老乔家把借的簸箩讨回来。娘的,别人的家什咋就使不够,不开眼的东西们……"

天青听到叔叔的吩咐,不知怎么就软了下来,刚刚挺起的劲道一下子就泄了。他乖乖地绕进了村巷,去完成家长的指示,模糊地想着那张受惊受辱的俏脸,胸口有些疼痛,眼底也悠悠地涌起了大股的潮气。

他仍旧是个孩子,里里外外都是。

三

　　平静的局面一直维持到土地改革。世上不乏因祸得福的人，小地主杨金山却是因妻得福。卖掉二十亩好地换来一场二婚，最初多少也心疼，做梦也没想到此举使他失去了做地主的资格。婚后在女人身上贪心了些，为了迟迟不来的儿子付了太多的力气，家业不仅没成长反而生了败象，这又使他连富农的成分都攀不上去了，小地主摇身一变成了上中农，这福气能说不是女人换来的么？远在史家营的老丈人却倒了血霉。杨金山付的一大包银洋让王麻子悉数购置了田产，没舍得吃没舍得喝，拘谨的家道眼看着一天天殷实起来了，万不料眨眼间就成了罪孽累累的恶人。史家营传来些吓人的消息，说是分地那天老地主王麻子昏了头，抡着一根镐把奋起保卫他新生的产业，结局是让人吊小鸡子似的拴到一棵核桃树上，大扁担拍得暴响，把一条老腿砸得摸不着成段的骨头，有出气没进气地翻开了白眼儿。事情说大了，但王麻子让一伙贫农揍断了腿却是真的。王菊豆过不几天悄悄赶回去探望了一次，白发苍苍的老爹已经有缓，而且似乎终于醒过味儿来了，把上中农杨金山骂了个狗血喷头不亦乐乎！

"狗日的！我霸了谁？他才是恶霸哩！他霸了我的亲闺女……你他娘害苦了我啦！"

王菊豆肿着眼窝回到洪水峪，让细心的村里人一连几夜听到哀切切的哭声，听得最愁闷的自然是小厢房里那个多情的家伙。金山劝了头一夜，第二夜已经不耐烦，再一夜便狼嚎似的叫骂起来了。

"号不够！你爹死了我给他发丧，有你哭够的时辰！不中用的东西……你有脸哭？"

天青伏在炕沿上，把暴虐的咒骂接过来，一句一句地塞到嘴里咬碎了吞咽。他不明白叔叔何以生那么大的怒火，然而话里藏的一些意思总算嚼出了味道。他帮不了她的忙。他诧异那么美丽的身子竟然不能孕育，更诧异叔叔压迫了那美好的全部却仍旧欺侮她、呵斥她。到底是怎么回事呢？

传来一些撕扯的声音。啪的一响，像是嘴巴。听婶子低低的呻吟，是嘴巴无疑了。天青猫似的一骨碌从炕上爬了起来。又静些了。叔叔不言不语的似乎在固执地做什么莽事。

"他叔，可怜我！你就让我歇过这几天吧，我哭得腔子里没东西啦……"

"闭嘴……我剁掉你！"

"他叔……"

"随你！随你！杨家我金山这一脉迟早断在你手里，你个害人的精怪呀！早知道我那二十亩地就喂了狗，换驴换羊也强过你！"

"……他叔！"

"狗日的，你存心让我家断子绝孙不成？我土埋脖子了，还怕毁不了你！……亲亲哎，你给我上心些吧……"

一阵乱七八糟的响动过后，婶子悄无声息，叔叔却一边咳嗽，一边压着粗重的嗓门，竟抽抽搭搭万分伤感地哭起来了。天青蹲在厢房门口，以为自己的耳朵出了毛病。

静了。睡了。大北屋像一座坟，夜色是无边的坟场，星星是茂密的鬼火。天青钻进被子，觉得是躺入了棺材，四周散发着腐烂的气息。是猪圈的脏味儿正灌进来。他想到墙上那个别别扭扭的破洞，也有哭的念头了。继而想到隔壁那头猪睡得是那么平稳大度，就把涌到喉头的哀声咽回了肚子。他咬着牙，要给自己争口气似的。睡梦中的景象黯淡了，早晨醒来，他的话比往日更少些，看人看东西的目光露出凶狠的颜色。长辈和同辈们在村巷里遇到他，得不到多少问候和亲近，都说这后生让他亲叔使唤呆了，像金山一样成了不合群不入套的怪人。有眼光细致的出来提醒，说他从小心事就多，灵巧劲儿跟全家一块儿葬在玉石沟里了。这是个不敢随便招惹的坯子。然而老人们觉得孩子委实可怜，金山待他应当公道些，不该丢下活儿让他死做。像牲口一样累他，多壮的人也要木讷了。他们不知道，做活的时候天青最愉快，常人承受不住的劳顿能够使他忘掉一些事，恨和梦想也随之淡些。有人填喂草料，做一头像青骡子一样的牲灵也是不错的。天青是金山家的牲口，他自己明白。王麻子的女儿是金山家的另一匹牲口，他同样明白。他愉快而冷静地做活的时候，把这些明白按在心里，等待那个暂时还看不见的爆发的日子。骡子能踢死人，桑峪不是有个给大户放马的光棍儿被踢死了么？老八团一个号兵不是让缴获的东洋马踢伤，最后死在去南岭的路上了么？这并不是多么困难的事情。

漫长的冬日里，天青赶着叔叔的宝贝骡子去清水镇拉脚。不是第一年做这个生意，熟门熟道，叔叔已经不担心骡子会有什么闪失。叔叔端着一碗薯干酒，一边喝一边数给他几个小钱，看着他怎样费劲儿地把它们塞进腰里。金山苍老了，眼神儿却依旧精明。放走了天青，宅院会冷落，但是这对他长久而无效的努力可能要好些。他到黄塔李大仙那里给自己也给女人抓了药，还没吃已感到身子里骚扰着旺盛的阳气，可以放心地收拾那盘热腾腾的火炕和那个冷冰冰的娘儿们了，白昼也将失去忌讳。他催促天青快快上路。

婶子担着水桶送他到村巷里，不知怎么就伸手在侄子的棉袄上捏了一把。天青靠着那匹青骡，目光晕晕乎乎地停在女人小巧的嘴巴上，似乎怕它张开而露出细碎的嫩牙。他是想摸她一摸的，这个从未实现过的愿望每一次分别都来强烈地袭击他，他不知该怎么做。如果她知道几年里他怎样熟透了她的身体,还会给他老母似的关怀么?她又捏了他袄袖子一把,村巷里没人,天青的两条腿哆嗦起来,狠狠地扭着缰绳。

"太薄啦!来年让你叔叔多花几个钱,我给你厚扎扎絮一件……这衣裳怕要冻着你哩!"

"我结实,冻一下就冻一下。"

"揽不到活儿早些回来,外头生人生脸,咋也不如家里。"

"……记下了。"

"挣了钱多花几个在吃上,你叔叔他人贪,你带回一驮子钱来也喜不了他。吃饱了身子要紧……记清了?"

"清了。水泉有冰,婶子你担水离待着,看跌了筋骨……我走啦。"

"走吧。遇上恶人长个心眼儿,别让他瞒哄了。别惦着你叔,家里有我哩……"

"记下了,我记下了。"

天青眼里的火苗让婶子低了头。这小火苗见过多次,哪一次也没有燃起来,像一根太潮的木炭。烧不出旺火,彼此间就永远看不出各自胸怀里藏的是什么东西。他给她的是侄子的憨厚,从她那儿得来婶子的贤惠,而这些都凑不成他想要的那份炽热。匆匆上路的天青,心里装着的除了凄凉,还是凄凉。青骡子愉快地在前头走起来,他把鞭子搭在肩上,像是被骡子拖拽着离开了冬天的洪水峪,冻硬的山道也缠绵得似乎没有尽头了。

天青给铁匠铺驮煤,给粮栈运谷子,也给迎亲的外乡人送喜箱喜被喜衣服。最好的生意是配合新政府的干部调动,那些山外人骑牲口到偏僻的地方任职,从骡子上爬下来的时候往往塞了太多的钱,使他惊惶而不好意思,好在一五一十还数得清楚。白天拖着两只冻脚陪骡子走山道,晚上在大车店的炕上喂虱子,容不得多少奇想,然而那张脸和那条身子却是每天都要看到,并且反复揣摩的。冷冽的寒风里,她的肉身为他开一朵大丽花出来,让他恍然嗅到春天的甜味儿。

天青在腊月的雪地里忙碌,他的叔叔却命中注定地陷入了一种疯狂。是从哪一晚开始的呢?人们最初以为是狼的声音,越听越像,再一听又不是了。太阳出来,有人看见菊豆青了一只眼,肿得像个生南瓜蛋蛋,去水泉担水时一走一跛,不是脚坏了便是腿坏了。静了没几夜,狼羔子一样的惨叫又从金山家的大北屋张扬到村子的上空,人们就不忍心再听下去了。

妇委会一个娘儿们委员在村巷里拦住金山,往他铁青的脸上喷开了唾沫。

"菊豆咋了你啦?你杀她不成!"

"我的娘儿们,要杀要剐随我!"

"啥社会了?糟辱娘儿们斗争你!"

"好歹日不着你……"

"狠的你!揪出来尿泡腺的看看,你还是个人,你鬼金山还算个人?"

老娘儿们嘴快,可赶不上金山舌头毒。他眯着小眼儿,一嘴黄牙不怀好意地龇开来,丝丝地吐出辣气。

"美他娘的胎!你男人咋收拾你来?头发毛让汉子扯着满街拖死狗,是哪个?先把你男人撂躺下再来拾掇我,你听清了?"

"……你个鬼呀!"

妇委会的娘儿们落荒而逃。村里的头面人物也来呵斥他,他佯装一副哭相,要紧的关节就不软不硬地甩几句,多有理的嘴也让他冷不防给噎住了。他的理由反倒占了上风。

"你孙子抱上了,扯啥清闲?你家娘儿们裤裆利索,不是我的。妥妥捣鼓你的去!我断子绝孙不碍你们的事,不中用的娘儿们给了你,看你能咋着?!"

"你揍她能揍一个出来不成?"

"看看吧,揍出个活的,我给她做猫做狗,揍不出活的,图个乐子!我亏不亏?老子一辈子白活亏不亏!"

"打坏了,村里有法子治你!"

"崩了我才好!我活够啦……"

话说到这个地步,金山竟能弹几滴眼泪下来,别人也就无话,觉得不可妄猜他的心地,无子无后到底是大悲哀,可恶中便有了可怜与可恕了。

腊月将尽时节,杨金山张罗杀猪的家什。好篓子好筐都盛了别的物件,他就想到山墙上吊的那个烂筐,以为装个猪头和一团下水是足够的。他举着锄把子将它挑了下来，无意中见了那个洞。他不认为那是个有卑鄙意味和侵略意味的洞穴，一块墙石歪歪扭扭塞着它，看上去不过是一块剥落的墙皮罢了。它剥落的部位是那么奇巧，竟没有引起他的疑虑，可见人的警觉多么有限，而人的提心吊胆和战战兢兢是多么没有必要的。大约是那块墙石塞得有点儿慌乱有点儿歪斜的缘故，金山不想让它掉下来，于是多此一举地跳上厢房的土炕，要把它摆弄得顺眼一些。每年都和天青抬着秋粮爬到这个地方，他不曾注意墙角落有什么缺陷。天青怎样费尽心机地掩护了它，又如何数百次成功地利用了它，是与他完全无关的谜。他在前台，天青在幕后演了些什么，向来不知道，似乎也没有知道那些古怪事情的眼力。他心平气和地拔掉了抽屉似的石头，把眼睛凑过去，不由得大吃一惊。不是有所醒悟，而是在蚀空了墙灰的石头缝儿里发现了一堆嫩红的小老鼠，崽子们扎堆的蛆一样，让他看了肉麻。他伸手把它们拨拉到猪圈里去了。气急败坏的样子让人疑心他在嫉妒老鼠子孙的兴旺。如果此时王菊豆恰好在猪圈里蹲着，可能会启发他的智力，给他一个明白。但是墙外没有人也没有声音，他就认定了那洞无非是一个洞，不是人为而是老鼠制造的。离烟囱近，离粮食也近，的确是个不愁饥寒的好去处，老鼠的行为和金山的判断就这么天衣无缝地契合在一起了。他毁了它们的好梦，到底胜了它们一筹，输掉的是什么，他和老鼠有着一样的无知和茫然。

腊月二十八，在外拉脚的杨天青返回了洪水峪。溪流上肿着宽厚的白冰，骡子踏上去砰砰地打滑脚，他小心地把它牵过去，没走几步就发觉水泉那边有双眼睛在看着他。他松开缰绳，绕着结冰的石头台阶慢慢向她走去，她把花布罩衫扔到水泉的冰洞里，两只紫胖的僵手在胯上腰上搓来搓去。她抖出了一线微笑，下牙露出黑晃晃的豁口，少了一颗，不只一颗，她的笑已失去往日整齐的模样。他站住了，又在她白白的额上见到一块青伤，在她粉粉的腮上盯出一块鼓出来的紫肿。他眼神儿零乱起来，知道他不在的日子家里出了大事，那个哀笑把底细透给了他。

"天青……咋不捎个信儿就回来了？"

"都是西水那边的生意，见不着熟脸。婶子，你这是咋啦?"

"初五回史家营,洗洗衣裳,脏了半冬,看娘家人笑话我……你先家去吧。"

"你的脸咋啦?"

"没啥怜惜,自家不长眼,担水叫冰滑跌了,我洗净了就回去……你叔他杀猪哩!"

"说妥了来年杀么,咋又急了?"

"杀了好。日子咋过也是个过……"

"你的牙磕崩了?"

"我把它吃到肚儿里啦。"

婶子想笑笑,却突然红了眼圈,两汪泪冻得颤颤的不肯掉下来。天青找不到话,跨过去要帮助把冷水里泡的衣服拎上来,让婶子拦住了。两只手碰了婶子冻红的胳膊儿,鼻腔里不知怎么就泛起了酸楚,心也疼得缩紧,目光死死地留在那些伤上。

"看你瘦的,这一下有肉吃啦!听听,那猪哭它的命哩。"

婶子说着便低了头,大颗的眼泪终于冰粒子似的砸进了泉水。那头猪高一声低一声地号丧，天青迈进宅院，发觉它已经在小炕桌上躺好，除了开开合合的长嘴，绳索完全地固定了它。它用最后的力气给自己唱着暴烈的挽歌，叔叔站在它脑袋旁边，在袄袖子上得意扬扬地慢悠悠地蹭着那把刀，让它唱得尽意些，长久些。叔叔整个人在天青眼里显出了十二分的毒辣和野蛮。他敲掉了婶子的牙，伤了那张俏脸，还不够，还泄不掉杀气。他急等着见血的样子，让天青看了呕心得慌。

天青拴好骡子，别的不干，先把钱递过去。叔叔将一叠花花绿绿的纸币抓在掌上，没做什么表情。

"多少？"

"你数吧，就这些。"

"歇歇脚，尽早帮我拾掇了它。"

"这猪没起膘哩。"

"人也要膘不是，让它养养咱吧！"

"杀了可惜。"

"你不吃咋的？达摩庄来人说西水那边有劫道的，没撞上吧……那骡子咋看着瘦了？"

天青不声不响地走进了小厢房。都瘦了。人瘦猪瘦骡子瘦，叔叔的老脸长刀似的，瘦得近乎走形。鬼知道他都累了些什么，暖暖的冬炕竟蹲不起膘来。

"你干啥去啦？赶集了不成？一件烂衣裳就刷不够！瓦盆藏裆里了？快找！等着盛血哩。整日哭咧咧的，我拿镐把子抡你！还不快些，你抬脸看看日头。"

叔叔这是跟婶子说话么？天青蹲在厢房地上，脖子上的大筋一勃一勃地弹起来。他在外奔走的时辰，家里确乎出了事了，婶子身腰如旧，可见还为那件老事，但叔叔的口气里有往日不曾流露过的厌恶，似乎那女人是个必须切齿痛恨的仇敌，要随时准备给予殴打。

叔叔在吆喝，用刀面啪啪地拍打那头阉猪的肚子，逗得它更高亢地啸叫。尖刀不理会这个虚张声势，在空中划了美丽的圆弧，笔直地沿着脖腔刺了进去。猪哽咽了一下，留出片刻停顿。天青按牢晃动的猪头，无意中抬眼，看到婶子散了架似的弯下腰身，竟瘫坐在北屋的门槛上了。快刀嗖一下抽出了血浆，在瓦盆上呼啦啦溅出了黑红的扇面似的瀑布，门槛上那张脸映照了生动的血色，显出死一样的苍白。猪发出奇大的惨叫，不久便衰微，旋即转入一种乐天知命的安详。叔叔傲然地觉得那红水淌得有失汹涌，复又挺刀直进，扎进了湿淋淋的血口子，在心的位置上横翻竖搅，把拳头和小臂浇满了滴滴答答的红粒子和红条子。叔叔还笑，扬着亮晶晶的额头招呼女人来给他抹汗，抹净了又吩咐将薯干酒斟一盅端给他喝。女人软得持不稳八钱酒，哆哆嗦嗦地把酒喂到他胡须上，相就的功夫，又喂到下巴上去了。叔叔居然不恼，摊着两只吓人的血爪子哧哧地笑起来。暴虐的杀害使他尝到十足的快乐，目光里胀满了陶醉，看猪看人几乎不存什么区别。天青的后脖颈触到了嗖嗖的冷气，眼中的婶子也抖得更加分明，好像头发上缠了一只手在不快不慢地摇她、筛她。

猪头齐轧轧地割下来了，天青端着它，看看它的眼，脱离了肉身，眼却开着，嘴也开着，舌头上淌出了一些粉红的气泡，给他的手指涂了更多的黏腻。他让火燎了似的把它扔进了破筐，这个盛器让他盯了很久。他恍惚领略了腾腾杀气中的一个原因，不敢肯定，就牢牢地监视那把刀的走向，在猪的尸体上摆出更凶的样子给叔叔看，险些将一条猪腿活活地扯下来。他殷勤地配合了叔叔的杀伐，又示威似的将前裆的两只蹄脚咔吧一下劈裂，惊得掌刀人连连唏嘘赞叹。

"小子，有劲道！"

"天青，让让！看刀闪了你……"

天青不肯罢手，甩了小棉袄，揽绳索一样抽出了一团大肠，水灵灵青鼓鼓地绕了粗臭的一臂。举止虽然残忍，悬着的那颗心却悄悄降下，晓得叔叔的逞威不是对着自己来的。然而婶子身上依旧缠着一只手，固执地摇她、筛她，使她不能翩翩地行路。似乎她的筋骨和魂灵已经跟随那头畜生一并给人杀掉了。

红红白白的肉朵子在屋檐的铁钩子上冻了起来，溅了血的宅院再度清冷。除夕晚上，肉吃到嘴里来了，天青用舌头把软嘟嘟的白膘子卷到肚子里去，仔细地端详守着炕桌的另外两个人。婶子吃得很小心，缓缓地以牙齿切割，半天不曾咽一下，叔叔的嘴发出连贯的吐噜吐噜的声音，像吮面条一样将大块的肥肉吞下去，他饮酒时嘴唇的动静活似转着一根干燥的门轴，吱吱呀呀响得十分古怪。眼看吃得差不多了，叔叔竟然摇头晃脑地哼哼起来，没完没了地重复着一个意思。

"我那亲娘哎！"

婶子挪他的酒杯，他很清醒地一把夺了过去，潮湿的小眼睛一眨不眨地盯着屋檩。

"我那念儿疼儿的娘哎……"

晕乎乎的似乎要唱，只是找不到一个确定的调子，便用两只干枯的大手啪啪地拍击大腿和膝盖。

"我那打了儿骂了儿蹬了腿儿的老娘哎……睁眼看看你的绝户儿子吧……娘哎！"

除夕的灯影里面，飘荡着烧不透的煤油味儿和啪啪的拍打大腿的声音。天青吃不下去了，肚子里的东西急着要翻上来。

半夜时分，睡在厢房里的天青猛然听到一声尖号。不像人，可也不像狼，他扣在枕头上紧张地分辨。等新的一声号叫传来，他终于判定那声嘶力竭的是他婶子，惨号后面扩展着的是他叔叔无声无息的绝望，和一种非人的残酷的暴力。

天青摸出厢房，光着两只大脚潜到大北屋的窗户底下。他像惯于夜伏的猛兽似的蹲在黑暗里，两眼霍霍地放光。他记得斧子就在台阶附近，剁猪蹄时用过的，悄悄摸了一遍却没有。还要摸索，光脚适时地踩到了镰刀柄，冒汗的大手哆哆嗦嗦地抓紧了它。

"他叔……你要拧死我啦……"

"祖奶奶！你舒坦了吧？我日你祖宗十八代，这一回你可舒坦了吧！"

"……我不活哩！"

"便宜！你个掐不死咬不烂的货！叫……你叫……还叫不？我整不软你我就不是个人！我日你……"

不知施了什么手段，女人的半声尖叫让个软软的东西塞住，化成唔唔吭吭的混沌。炕沿上又发出咚咚的撞击，似乎在揪着一颗脑袋游戏似的磕着了。叔叔得趣地大喘，在炕席上不停地翻来覆去，就像不停地掀着一条装满了粮食的破麻袋。

见识浅薄的杨天青脚掌冰凉，不知如何是好。当他确信听到了笤帚疙瘩或烧火棍在肉上的抽打声，满腔怒火再也无法按捺，发疯地抡圆了粗壮的胳膊，把整个身子都带得蹦跳张狂起来。镰刀削掉了悬在屋檐上的一块冻肉，又闪电似的舞出耀眼的白光，狠狠地铐进了北屋的榆木立柱。屋里霎时安静，打的声音和挨打的声音都不响了。

"……谁？"

天青不答，脚下石板地的冰凉已经穿透了他的身子，心和脑袋一律变得僵硬。

"谁？"

"……我。"

"天青么？"

"……是我。"

"骡子喂了？"

"喂了。"

天青挪着光脚，眼珠机警地转动起来。

"婶子病了么？"

"没啥……心口疼，想是吃差了。"

"别是急症吧？我到黄塔请人来看看好不哩？小心耽误了。"

"不着忙……这阵儿踏实了。"

"我去睡啦?"

"……睡吧。才是啥东西响来?吓煞。"

"黑灯瞎火的,谁知啥哩!"

天青回到厢房,怎么也睡不稳,在炕席上盘着两条腿想心事。没有扳下那柄镰刀,是想让施虐的人仔细看看它,让他明白到底是榆木桩子硬还是自己的脑壳硬,再向女人下狠手时也好掂量着些。往深处思谋思谋,又觉得这个警告不太牢靠。他担心超出侄子的身份,给叔叔找到把柄,更担心女人有所提防,将他视为心术不轨的歹货。后半夜,忧心忡忡的杨天青再次溜出去,从房柱上撤下了镰刀,把削到地上的那块猪肉也抛向屋后邻家的旧房基里去了。他先前的愤怒已经无影无踪,甚至希望宁静的大北屋再生出惊人的响动来。什么也没有。只有两个人一促一缓一壮一细的睡声吹在灰白的窗纸和窗棂上,在窗外人的心里勾出无可名状的欲火和空虚。

那年洪水峪成立了互助组。那年发生了许许多多的事件。大年初一的凌晨,杨金山的侄子杨天青在小厢房烧得不热的火炕上辗转反侧，在思想里拥抱一个近在咫尺的女人，直至曙色微明。

雄壮的太阳缓慢地热腾腾地升了起来。

四

上中农杨金山五十五岁的时候跨进了一生最悲哀的岁月。终于不行了。疯了似的折腾自己炕上的人，全是因为对这个不行有了一天比一天强烈的预感。往地里背百把斤的一篓肥喘得赛过风箱，镐头举不过十几下就腰麻腿酥，都是成人后不曾遇到过的难堪事。无法忍受的大难堪是在被子底下，完满的配合已经做不到，忽一日就连勉强的交接也撑不住了。他乞灵于花样翻新的袭击，试图以淋漓的殴打找回失掉的希望和愉快，它们却更迅速地离他而去，只给他留下一些欲哭欲死的怪念头。随便拧紧哪块白肉，或者抬脚将她自北墙踢至南墙，他觉着那是打着自己。女人挨杀似的抽搐着叫唤，便是替他向不公平的日月鸣冤了。寻死觅活的女人转嫁了他的绝望，他喜欢揍她，专捡她料不到的地方和料不到的时机揍她。她眼神飘忽战战兢兢地在他眼前走过,使他体味到自己的强壮,短时间忘掉那种种的不堪和不行。女人已经不是女人,没有器官也没有韵味,只是干巴巴的一团骨肉,是他下拳脚的地方。他待那匹骡子反倒好些。他待天青也不赖,厚道的侄子日出而作日落而息,比骡子更让他省心。许多把柄滑过去,一向不理会年轻的后生是个什么威胁,更不知道那双眼如何在女人身上狂奔疾走。如果他后脑勺上生了眼睛,或许会看清侄子那张木呆呆的脸面,上边写满了要杀掉他的意思。谁在谁的掌心里攥着,两个男人里至少有一个还在糊涂。事情外边的女人,则是长久地糊涂着了。

春天一个日子,一家三人在地里间苗,山梁上悠悠地荡着暖风,扫得人身心困倦。菊豆中途回家做饭去了,叔侄俩一前一后蹲在棒子地里,很细致地做活,使零乱的青苗群渐渐地疏朗整洁起来。叔叔不耐做,不到晌午就歪到地边的草地上,昂着下巴晒开了老阳儿。天青蹲在田里不肯歇,叔叔就隔远地跟他说活,一边说一边用痰水去淹草坡上乱爬的蚂蚁。

"天青,桑峪那个大脚娘儿们见过没?"

"见过,姓张吧?"

"张家的老寡妇……她是媒婆子。"

"知道。"

"我前天里在老乔家见她咪。"

"唔。"

"她扯天扒地要给你说一个。"

"……谁?"

"没吐口就把她回绝啦。"

"嗯。"

"我养你这些年,叔的难处你心里怕亮堂着哩!做谁的儿随你,做哪家的姑爷随你。好歹是我兄弟的种。家里日子紧巴,日后宽畅了,你想咋办就咋办……你说哩?"

"说不来……没想过。"

"踏实干一年,看明年村里肯不肯给咱家分户。你自己单过遂心些……我给你钱办事,多了少了的别怪你叔。你叔白活一世,留什么也没用场,早晚都是你的哩。"

"我另立户自己挣,你的留给婶子吧。"

"给她不顶给了畜生！我前脚走她后脚就得招一个来。我金山的血脉断就断自己手里，断她手上我咽不下这口气！狗日的咋还不送饭来……把他娘的狗腿当柴火烧了不成？"

金山爬起来瞭望蛇一样绕在山岗上的小路，白白的道上没有人，只印着稀落落的树影。晌午过了，日头有些歪，影子也悄悄地倾斜。菊豆的青袄终于从岭后闪上了空荡荡的石路，张皇地向田野滑过来了。金山呼一下弹起身子，见了猎物一样向来人扑过去，把她截在远远的一个山坳里。天青没有跟上，紧张地站到高处，想看得清楚些。听不到叔叔在吼什么，婶子一味地后退，已经退到草地上去了。天青看到装吃食的小篮子在坡上滚，接着看到婶子在坡上滚，叔叔跳大神儿似的追着踢着。叔叔咆哮了片刻，在婶子背上踹了最后一脚，便匆忙地蹿回道路，一股黑风似的往村里卷去。婶子低头坐在草里，长久地抚着脊背，又踉跄地去寻找滚跌了的小篮子。天青把狂乱的心跳压稳，要把看到的这些都忘掉。等女人将吃食送到地边，在背后哀哀地隐泣抹泪的时候，他正装模作样地伏在半尺来长的苗丛里,仔细地清除争肥争地的废苗子和长势迅猛的杂草。他只给她一个沉默而无言的脊梁,半天不肯转身。女人泪眼蒙眬地看着他。

"天青……吃了再干……"

"你先吃。"

"……我不吃啦!"

女人猛烈地抽搭起来。天青停了手,看着脚下的地,还是迟迟不肯回脸。

"你咋了,婶子?"

"天青……我把话先撂给你,你叔他迟早杀了我!日子没得过了,你见啥听啥给史家营捎个信儿。别拦他!让老东西杀了我吧……我不指望活哩……"

"我叔他脾气赖。"

"他可是个人?你叔他可是个人?我屈呀!天青,我受他的你也受他的不成?亲侄儿哎,你跟婶子交代交代,我在你们杨家可怎么活?我迟早给他打死,我受不下啦……"

婶子噎了气,哭得十分艰难。天青抱着脑袋,找不到妥帖的话说，想做的事只有一件，就是跑过去把不幸的女人揽到胸口，让她滔滔地哭个顺畅。头一次听到她悲切的倾诉，竟有这么多话给他，使他明白女人离他不远，伸手便能抓到，也使他更恐惧地游移于侄子的本分，不知道后面等他的是些什么。

眼前的黄土点点滴滴地湿润起来，已经更没有法子去看她。背上热辣辣地燃着一堆火，想必是她红肿的眼在看着他了。

"天青……趁热吃吧。"

"就吃。我去一下……回来就吃。"

他佯装解手，匆忙地翻过棒子地前面的山包，找棵桦树靠着蹲下来，眼里憋的水唰唰地泄到脸上和衣服上。他撞那棵树，咬一块桦树皮含在嘴里，把奔涌的悲声完全地堵回肚子里去，一点儿也不给她听到。他深深地触到了一种奇大的悲惨，是她的，也是他的。

金山不见踪影。他打女人的借口原本是因为送饭迟误，女人告诉他骡子卧在槽里不起身，也不吃东西，他的借口就换了一个，只是打得更充分也更凌厉些。女人伤了腰，间苗时用着半跪半趴的姿势，天青没有表达什么，殷勤的只有那张笨嘴，歇歇吧歇歇吧地劝阻，声音倒比往日更添些冰冷。这冰冷首先给自己来感觉，不这样就挡不住自己，因为整整一个后晌都在酝酿要不要把不听劝的女人拦腰抱起来，抱到棒子地外面去。决心下了一百次，毁灭了一百次，只徒然地磨着冰冷的嘴唇。女人在他的声音里得到安慰，不在乎那些刻意的冷淡，因为他潮湿的眼睛及里面不褪的红色已经在热着她的心，并且暗暗地品味着了。

骡子果然得了急症，金山在它腹皮上按到很大一个软包，疑是绞肠痧。等不及娘儿们和侄子下地回来，就闭了院门，将摇摇摆摆不肯走路的牲口牵离了村子。晚饭时辰，老乔家来人传金山留的话，说是到达摩庄请人医治，治不好就去桑峪，一时回不来的，叮嘱趁着天好早些把苗子间出来，园子里的菜早晚留意些，小心让哪家的猪崽子拱吃了，等等。来人又哧哧地笑了，告诉菊豆和天青，金山走时满脑袋流汗，摸牲口肚子当口像是有泪掉下来了。宝贝要死了，金山怕也活不成。菊豆听到这个玩笑只咧了咧嘴角,天青什么反应也没有,闷闷地喝着玉米粥。叔叔今晚不回来了。院子里只有他和婶子了。他的全部思想都停留在这个从来没有遇到的事情上。局面来得太突然,不能肯定往日是否渴念过,有些怕。撂下碗筷,见女人出来进去走得很轻捷,怕得便更狠,暗知在无数的夜晚里,自己早就无数次地把这种机会设计操演过了。

"踏实睡,用不着三更伺弄歪骡子啦!"

"婶子,喊我起炕……赶早把菜地浇浇,我睡得贪。"

"踏实睡你的,你啥时候睡过整觉?他不在了你还怕啥?"

"起早浇了吧,看他回来找话说……我是累惯了的,干一事少一事。"

"你就是个木头?"

婶子拾掇了鸡窝,站在院子的月光里,脸上融着灰灰的一团,天青辨不出那上面松了捆绑的浅笑和柔情,是不是有他要找的意思。她嗔怪他是个木头,是怨他呢,还是唤他呢?她要唤他完成一件事情么?婶子嘱他早早歇息,便轻巧地移回北屋去了,闭紧的门给天青丢下一个庄重。他踅到厢房,把木头甩上炕席,指肚儿摸来摸去,要剜掉这木头上的羞惭和胆怯,让它如他所愿的那样活泼起来。北屋油灯灭了,他屋里那盏灯一直就没点。不知躺了多久,想着如何站到北屋台阶上,又想如何对付那两扇黑门。步骤很完全,然而每想到走进门去,思绪就纷乱颤抖不止,阴谋和勇气也随之一塌糊涂了。他拉住夹被把自己紧紧捂了起来,连脑袋也一并捂住,终于退缩了,没下炕,没进院子,没上台阶,什么动作也没有。木头和苇席棉被长成了一体,沉沉地入了梦,不再忧愁梦外的一切。有心去梦里演习他的计划,然而悠悠地就是不见花朵似的那片身子,倒恍惚看到一个不相干的人,搂着一匹骡子哀哀地哭泣,踢他踹他也不走,拎了斧子砍他,胳膊却举不起来,满世界轰轰地响着流泪的声音和吧嗒着嘴唇舔泪吃泪的声音。

天青醒了,手在被子里寻找丢失的斧头,找不着,哭泣的声音却依旧持续着。窗外有人,他霎时惊住,看清了与梦里不同的情况。刚刚撩开被角,抽泣便迅速消失,北屋的门轴远远地低低地叫了一声。月光很白,铺了青石板的院子像一池水。天青在窗户上趴了半天,仰身倒回枕头,疑心自己是迷了梦了。却又不信。耳朵是真切的,心也是真切的。却还是不信。事情无论如何不会这个样子。是他想这么做,做不成,因而恍惚了。梦见看见听见了那么多,全是因为脑袋有些发癫。人癫了什么都能看到,叔叔有一回不是看到爷爷了么?爷爷在圈里拉了一摊东西,去灶间掀掀锅盖,又给骡子抓了一把黑豆,就走了。叔叔亲眼见来着,只是没敢跟爷爷说话。自己刚才找了半天斧头,在窗户上见了婶子,全是招了癫的缘故,跟叔叔没两样的。天青安慰了自己,却一夜不曾睡稳,早早地爬起来,看着晨光里直挺挺的顶门棍发呆,顶它是防兽防风,一向如此,现在却使他生了气恼,怪自己昨晚为什么不留个疏漏。再想想,又看出这气恼没有道理,便拖着困乏的身子到园子里浇菜去了。北屋闭着门,婶子还睡着。他怕看到她,却未想她是不是也怕。如果两个人相互怕起来,这宽敞的院子就没法子待了,直到把水引进菜地,稍稍清醒的杨天青才动了这个念头。不等他叹气,婶子清凌凌的声音已经从村巷里鸟叫似的悠出来,在招呼他归家吃饭了。往日也这么叫,却从来没有如此悠扬。天青愉快地抬起头,在溪流对面的山岗上见到了起伏的绿色,又在绿色上面看到了一幕干干净净的蓝色的天空。他也想叫一叫了,觉得悠扬的叫会使他生出两扇翅膀,舒展地飞到山谷的早风里去。

这是春天里无比晴朗的一个日子。太阳很好,风也很好,小溪流在很好的风和阳光里汩汩地奔波欢腾,给弯曲的山沟绕上了一条清亮的白光,给洪水峪奏出了不停顿的美妙声音。在同一片温暖的阳光下,杨金山的侄子杨天青和杨金山的妻子王菊豆迈进了落马岭附近青苗茁壮的棒子地,而杨金山本人则牵着病入膏肓的爱骡在由达摩庄至桑峪的山间小道上艰难跋涉。人人都怀了希望,希望人人不同。杨金山的思想已经被牲口占据,对亲人布置的陷阱视而不见。即将失掉贞洁的女人则无所畏惧,暂时忘记了沉重的不幸和悲哀,把近乎淫荡的快笑抛在山花初绽的山岗上。年轻后生伴随着暗自思恋了多年的妇人,在阳光一样明媚的笑声中解除了最后的禁锢,奔向他朝思暮想的神奇境界。

事情从这一天的晌午开始,断断续续地持续到黄昏骤降,随后便依照通常的节奏进入了一个长达几十年的不可思议的漫长过程。那个暖洋洋的晌午是个竖纪念碑的时刻,也是个挖掘坟墓的时候。他们把该做的一切都做了一遍,从而晕眩了。

事情没有明确的起因。只是空前愉快地干了一前晌农活儿,彼此说了许多话,当然都是不太相干的话。然后面对面坐在草坡上咀嚼从家里带的干粮,从同一个葫芦模样的器具里斟水喝,用的是同一个瓷碗。腌萝卜粗粗的也只一根,两个人各咬了一边,留着不同的牙印儿。不久便咬乱了,你嘴里有了我的,我嘴里也含了你的,传递了几次女人竟叼住别人的那一边长久地吮起盐味儿来了。饭吃得越来越没有滋味,滋味已经渗到了别的地方。天青鼓着两只眼睛,近乎呆傻地盯住几株刚刚被踏倒的小草,看它们如何顽固地重新弓起了身子,看它们碧绿的伤口如何缓慢地溢出了黏稠的浆液。当它们挺立如初的时候,他立即伸出大脚再一次踏盖过去,脚心里几乎生了疼痛的感觉,似乎有一把绣花针在轻轻地刺上来。

女人的腮里滚着食物，风吹细了她的眼，阳光在她丰润的皮上跳动，她的红唇上装饰了几颗食物的残渣，黑发周围有一只不知疲倦的昆虫在飞舞盘旋。

天青的喉咙里无端地涌出大量唾液，像陈年的薯干酒一样燎着他的舌根。

"婶子……"

"啥？"

"昨黑间害梦害煞哩。"

"梦爹来梦娘来？"

"梦……梦着婶子哭。"

"我哭？咋着哭？"

女人把红红的笑脸转给他，隐了许多意味，他却不看，只端详那张脸下的几个部分，目光起伏错落。女人的见识毕竟老成，况且昂亢的水准并不在他以下，又自恃握了操纵的力量，便清清楚楚地包抄起来。

"天青，你怕了吧？"

"……怕啥？"

"你也是五尺高的汉子！"

"我……我怕啥?"

"不怕咋把个窝儿捂得严严的哩?"

"风大,不挡风挡狼不是。"

"你看婶子像只狼不?"

"婶子……"

"妥妥看看你苦命的婶子,我像狼不?"

天青的懦弱似乎激怒了女人,话像刀子一样甩过来割他,脸上却不失笑。然而这笑容的甜意分明是淡了,流布的是渐渐浓起来的自怨自艾和天青一时不能通晓的哀悯。天青低头无话,证实了昨夜非梦,脑袋反而更加沉重,径直地扎到胸口上了。憋闷惊惶之中感到头发茬上降下一片东西,风吹而不落,轻摇而不走,终于明白这柔软的南瓜叶似的一块温暖是女人的手掌。他闭着眼,用牙把浑身的哆嗦咬住,咬不住的就任凭它们被那个掌心吸了去,哆嗦却还有,不停地沿着手脚向外施放。

"婶子……叔叔他……"

"别提他!让老东西死去!"

"婶子,放羊的在坡上……"

"羊群翻到阴坡去了。"

"……你干啥?"

"你说,婶子像狼不?"

"婶子别耍笑我……"

"天青,你嘴瞒了人眼可瞒不了哩!"

"停窗根哭的是你?"

"是我!你叔让我死,我不死!老天有眼,让它看我咋活着!天青,我是喜哩……想让你伴我喜兴哩……活活咒那个老不死的!你叔他毁我半世啦!"

那手求援似的抓住他的头发,太短拢不住,就滑下来揪住了他的衣领,脖子上的大筋勒得转眼粗壮圆滚,勃勃地涌着青血。

"天青,你疼我!"

"轻些,看打了水罐……"

"你心里装得下我不?任你拿哩!"

"婶子……我裂啦!我心尖尖裂啦……婶子哎,你要笑我不成?"

"要吃你!怕你就走。"

却不让走,也不欲走。然后就无话。一颗蓬松的头抵到怀里,把他生了硬须的下巴顶得高高翘起来。蛇似的两条软臂在脖根上胳膊上胡乱缠绕。最终选定了一个姿态,紧箍着他的腰脊不放了。天青的眼睛已经没有用处,只觉到有个香软的东西在啄他,脸上洒了点点湿润。呼气的嘴便不再摆脱,紧促地火辣辣地搜寻过去,与正在找他的嘴撞个正着,不顾气闷和牙痛,狠狠地长久地做了一个吕字。太阳在他眼里猛烈地摇晃起来。手和身子闪电般地接受了一种指引,跳成了忙碌的舞蹈。仰下来见的是金子铸的天空,万条光束穿透了硬和软的一切。俯过去见的是漫山青草,水一样载着所有冷的和热的起伏飘游。不相干的因了快速的触击达成牢固的衔接,就像山脉和天空因为相压相就而融汇出无边的一体。显得惊慌失措同时更显得有条不紊的杨天青头一次感到了自己呼吸的困难,天塌下来埋住了他,他刚刚领略到一丝绝望便掉进了前所未见的佳境,袭击了他的是类似快活而超越了快活的雷霆与风暴。他大吃了一惊,身心随之痉挛。

眼里悬着的是颗正在爆炸的太阳,颜色发黑,像个埋在火烬里的烧焦了的山药蛋,像一张晾在屋檐上的刚刚剥下来不久的母猪的毛皮。一切都是黑的了。

此时,五十里山路以外的桑峪情况良好。妖医梁大头只一眼便诊准了病骡子的症结,正操起半尺长的一把白刀子,在骡子的腹皮上晃来晃去,要选定一个剜捅的位置。劳顿的杨金山不忍目睹,悄悄溜到主人家的门外,靠着院墙歇息瞭望。杂七杂八地想到许多事,大都与骡子的过去和未来有关。人世沧桑,最忠厚牢靠的伴儿竟是个畜生,让他委实不解。活着的人里没有哪个让他如此牵挂,时时念想的只有远在地府的爹娘和未曾降世的儿孙。纠缠阴间的事情不是担心爹娘是否在那边受苦,而是神秘于自己的将来。在幻想中安排儿孙的生活,图的是这个不可知的将来。让他忧心忡忡百思难解的,是爹娘交下来的自己这条生命将怎样不断代地旺盛地传递下去。他疑心前世有孽,所以天神要指派不生养的女人来惩治他,一个不够,竟有两个,先先后后地来促他灰心,使他活得不能畅意。他对骡子的种种关切,或许就是感知了相似的命运,所以要在苦命的牲灵身上将一种深刻的体恤来加倍地扩展和烙印了。

悲痛的杨金山沐浴着春天的阳光,淡然地想到家,更淡然地想到妻子和侄子。他想到她和他的时候似乎是在想着庭院中的两件摆设,因此他绝不能料想重重的山岭背后正在深化的一个进程,也绝不能料想在属于他的田野里如何爆发了一项冲突。那是和间苗或铲草完全无关的事件,却更为劳累。侄子强健过人的肌体在他反复耕耘的田垄里伸进了犁铧,并且比他有效百倍地狂放地播着种子了。

杨金山听到了骡子疼痛的啸叫。刀子划破皮肤的声音像撕碎了窗户纸一样,吱啦吱啦地勾出了他的眼泪。

遥远的杨天青也在叫着的,于灿烂的升腾中。似乎有更大的痛苦,嗓音也因之更为高亢。像一个暴虐地杀人或者绝望地被杀的角色,他动用了不曾动用的男人的伟力,以巨大的叫声做了搏战的号角。

"婶子!婶子……"

这是起始的不伦不类的语句。

"菊豆!我那亲亲的菊豆……"

中途就渐渐地入了港。

"我那亲亲的小母鸽子哎!!"

收束的巅峰上终于有了确切的认识和表白。

太阳在山坡上流水,金色的棒子地里两只大蟒绕成了交错的一团,又徐徐地滑进了草丛,鸣叫着,扑棱着,颠倒着,更似两只白色丰满的大鸟,以不懈的挣扎做起飞的预备,要展翅刺上云端。

"我那亲亲的小母鸽子哎!"

那一年女人二十六,杨天青是幸福的二十二岁。以后的年月里,在一系列精密选择的时间和地点,在充满幸福与罪恶的阴谋中,杨天青根据他牢固不变的想象力无数次地重申了这句宣言,女人便也无数次地毫无厌倦地承接了这个吼叫和呻吟,并衷心地为之陶醉。

俩人遵循的朝拜仪式中,它是不变的禅语,凝结了具体的本质性的信仰,又沾染了原始的诗意,因此便被他和她永恒地诉说和聆听着了。

五

洪水峪的生活有了新模样。互助组形成燎原之势,顽固的单干者们已经土崩瓦解。小满时令,乡里来人组织了识字班,召集青壮年和妇女参加扫盲突击。一旦黄昏降临,村口老核桃树下面便齐聚了几十条粗细不同的嗓子,肃声地念着人、口、手,以及马、牛、羊、天、地、水。

杨金山不入互助组,以劳力的数量和质量而论,他认为自己非常强大,因而不能容忍外人来分享。他也不让年轻的妻子和侄子介入识字班,在核桃树底下饱受蚊虫叮咬而又念经似的嗡嗡不休,在他看来是万分可笑的蠢举。他认为自家的生活中有许多迫切的事情急等着做,断不能悠闲懒散。

究竟做些什么,却又常常无数而无绪。家里另外两个人不时受到相互矛盾的指派,水缸明明满着,却严令去担水,刚刚遛过骡子回来,又催促把它牵到山上去再放。两个人负着沉重的隐私,不由得挂出低声下气的外表,内里却分明地感知老东西在日复一日恍惚,并且不可逆转地糊涂着了。骡子大病一次,主人也跟着失掉灵性,这或许就是造化的精心布置,要使年轻的他和她更大胆地放荡,更没有顾忌地来彼此偷窃。纵情的举动便额外地添加了信心，在天地不知的暗处增强了速决的频率，所言所做真个是无不销魂而呜呼了！

糊涂着的杨金山也奇怪于女人的变化。每逢自己莫名其妙地狠毒起来，仍旧可以招致畏惧的颤抖，却再也听不到那种令人快意的母狼一样的尖叫声。女人的白牙咬破红唇，任凭他在光滑的皮肤上制造出一块又一块青紫的瘀斑，任凭他砍伐树木似的将那柔软的躯体弯来折去，表现了一种誓死忍耐的决绝。他最为诧异的是女人不仅忍辱含垢，而且前所未见地显示了主动的顺从和殷勤，她渴望完成的欲望是那么迫切，几乎使他疑心这是对他的无能的一种巨大羞辱。白日里下地，见她屡次丢开锄头惊惶地隐入灌木丛，窃以为那是跑肚或尿慌，万不曾料想她是怎样伏在僻静处频繁地呕着又喜又悲的涩水。歇息时只见虎背熊腰的侄子在密林深处游来荡去，以为是寻找蘑菇或山雀蛋，却不见那双大手如何秘密地攥着几颗酸溜溜的野杏，更不见它们以怎样的传递方式塞进女人焦渴的嘴巴。妻子和侄子在规矩地做活，茂密的庄稼预兆着满意的收成。被阴谋暗暗侵蚀的杨金山竟然没有一丝挑剔，只对身旁两具不知疲倦而精力旺盛的身子抱了许多不明不白的嫉妒。自家的手脚似乎越来越迟钝，也想抖擞，然而五尺长的大锄杆子再也拉不出风来了。他的悲哀就不能不局限在这个无知的地步，听凭一颗茁壮的种子在他的田野里孕育生长，于后知后觉中预备着为他人做个受骗的父亲。这甜蜜爽人的角色便只能沉在一个永远不醒的老梦里了。

杨金山得知女人怀胎是在三个月以后。当他再度野性发作而狂扇她的嘴巴时，突然发觉她没有伸手拦挡，却蹊跷地紧紧地护着肚子。他扯开那双手，目光游移起来，女人禁不住端详和抚摸，摊开两臂涔涔地落了泪。追问之后，他险些一脑袋栽下炕去，喷出了一声奇大的响亮的怪笑。随后便捧住那丘白白的肚子无声而猛烈地哭泣，皱巴巴的脸鬼一样胡乱扭动，整个身子都抽搐摇摆起来了。

"狗日的，你咋不早说！"

厢房里的杨天青给那声怪笑惊得睁大了两只眼，紧张地准备与一场迟早会降临的危机抗争。听到了一连串啪啪的清脆的声音，好半天才判断出那是狂喜的人在忘乎所以地打着自己的嘴巴，他稍稍地松了一口气。

"老天爷开了眼啦!"

"菊豆,我待你亏了心哩!"

"亲爹哎,你儿得了天助有救啦……"

癫乱的声音响了小半夜,不久便也宁静而安顿了。三颗心在不同的腔子里搏动,各自想着异样的心事。天青的思想是确凿的,那是他的而不是别人的儿子,他从女人那里得知了那个人的窘状,况且长年无子的历史也确切地做了证明。但是那种喜极而泣的声音震撼了他,使他头一次辨清了自己的罪孽,知道欺诳的不只是叔叔,在一个绝顶紧要的地方他辱没了自己的爹娘。他做了万人唾骂当剐当诛的见不得人的恶事了!日后该怎么活,成了解不开的难题,像不可攀的山一样在他眼前陡然高耸起来,他孤独地做了一只走投无路的野兽。长夜难眠,他咬着炕席的苇子片排泄苦闷,一时竟感到那咔咔磨着的是两排尖利的狼牙,刹那间便无所畏惧了。

杨金山欣喜若狂,第二天就摆出了两样的态度。他早早地招呼天青起身,在必做的活儿里添入一项揭火煮饭。玉米粥煮好,天青又被命令去张罗鸡食、猪食,然后是空着肚子劈柴、担水、饮牲口。做着这一切的时候，杨金山站在北屋台阶上袖手四顾，瘦脸恬淡，像个财产上一夜之间便暴发的人，沉醉在对周围事物的有效支配中。王菊豆一动不动地盘腿坐着，遵循丈夫固执而古怪的意愿，她必须每时每刻对肚子里的另一个人负起保护的责任，因而也就必须暂时放弃行动的自由。透过窗户上破裂的挡风纸，她看到侄子驯服地做着往日由她来做的种种劳务，笨手笨脚而又卖劲儿的样子使她大为伤感。杨金山亲手端来早饭和腌香椿，见女人眼里有泪，以为是让自己感动的，于是他也感动起来，鼻子竟有些酸楚。在香椿叶上点了几滴芝麻油，觉得不够又点了几滴，舌头吧唧吧唧地舔着油瓶子，似乎在品尝自己心胸的博大。

"多吃！"

菊豆窘迫地埋头在碗里。

"别乱动！伤了胎……看老子不宰你！力气活儿叫天青干，你得养养骨血。"

温情飘荡，凶残的男人居然在女人的肩膀上搁了一只手，一只不是用来施放暴力而是用来真心抚慰的大手。女人的几颗泪哆嗦着溅进粥碗。他很满足，暗暗发誓要把更大的关怀补偿给她。然而他对近在眼前的微妙现象没有一点儿意识，女人突然降热泪，是因为她白如骨片的耳朵在院子里一群母鸡的啄食声和两只猪崽子囫囵吞咽的哼哼声里捕捉着另一种音响，无可奈何的忙碌喘息透露了日后的情景，也把丈夫的用意揭开了。她因为日益胀大的肚子而获得的赦免，会在那个年轻茁壮的男人身上转为更沉重的压迫，掉到受不下的更不堪的处境里去。她和他的命紧紧地系在别人手里，肚子里多一个生灵，反倒系得越发紧束了。她已经没了办法，那个人或许也没了办法，院子里踏踏踏的脚步声响得只是一团昏乱和不知所措，全不见春天草地上的愉快和勇猛，像是要伸着脖子来等人处置了。

菊豆不再下地。金山的心思也不在庄稼上，手忙脚乱得像丢了魂，不时地撇着老腿在村巷里转悠。绝处逢生的喜悦使他更加糊涂，只想迫切地向遇到的每一个人公布他的壮举。以奔六十去的不老之身使一个女人坐了胎，几十年的奋斗终于有了结果，在他看来无论如何也是一件值得炫耀的事情。听到消息的人像是为他高兴，当然那高兴并不在他们得知自家的女人有喜以上，甚至不比得知自家的母畜有孕之后所表示的欢快更多。人有男女，畜有公母，生养是天经地义的事，没什么大惊小怪的。他们只是觉得金山可怜，因为他费事似乎太多了一些。金山得到许多不浓不淡的家常话，渐渐明白别人并不曾看中他的无上的光荣，未免太不把这个大事当作大喜事，于是心头略感不快。但是他仍旧挂了笑脸走路，脚底板一掀一掀地想多流露些类似年轻人的弹力，也想把那份得意和满足留给自我来欣赏。

在八月的田野里侍弄庄稼，杨金山每每不能坚持到日落。与魂不守舍的叔叔相比，侄子反倒更为镇静和从容。引水浇玉米，叔叔到渠头张罗半天，居然昏头昏脑地把水改到别人家的地里，天青只是一笑，再悄悄地把水引回来。这呆事轮到他做下，叔叔怕要跳脚，近来叔叔是越来越频繁地对着他跳脚了。等孩子出世，叔叔会把更大的威风逞给他，他不在乎这些，他从叔叔的行为里得到许多勇气，负疚的心情日益漠然。他不怕这个人，无情支配他的这个人常常让他觉得可笑。他很踏实，因为他总在想着女人肚子里的那个孩子,以及制造这个孩子时那些无意的激动人心的最初步骤。他为自己的能力惊讶,也为不可想象的女人的能力惊讶,亲叔叔以主人的身份呵斥他的时候几乎引不起他的愤怒,他的后盾是巨大的快活和巨大的信心。只要肯做,他什么都做得来,包括在实质上做一个人的丈夫,做另一个不可知的人的父亲。他觉得自己是在讨还民国三十三年那个落雨的秋天被人欠下的债务。她是他的。他的!他对那个名义上的父亲只有轻蔑,他也在替她轻蔑着那个人。

杨天青独自承担了三个人的劳动,落马岭夏秋之交的田野里洒满了他的汗水。杨金山的土地上见不到杨金山,洪水峪的善良人便哀叹那个呆侄子的忠厚和寂寞。

"天青,我家去看看。你把靠崖根的几梯棒子拾掇拾掇,晚饭不急,干妥了再回来。"

干妥了往往是在前夜,山岭上悬着密麻麻的星花,白灿灿地罩着归家的小道和他疲倦不堪的身子。走进宅院他就不是自己了,好像睡够了刚刚爬起来,叮叮当当地捅灶热饭,吃粥时把嘴皮吮得一阵脆响。他是想告诉让油灯映在大北屋窗纸上的那个人影,他一切都好,她不必把头垂得那么低,也不必那么僵硬。他还是她想要的那个他,结实着哩!那人影每一晃动都使他更快地丢掉疲倦,同时又让他更深地陷到另一种疲倦里去。在厢房里疲倦着,懊丧自己竟忘了那么多,只剩下许多甜蜜的碎片,因肿胀和破裂而悄悄融化,浸出模糊的陌生的一堆。他想实在地触一触她了。猛然想到孩子,热辣的念头便暗自消失,化成满腔的温柔和肃穆,使他复又记起了自己的责任。那是需要耐性的长久事业。

王菊豆的肚子吹气似的大了起来。家里没有人的时候,偶尔无聊,也敢踱到村巷里晒晒老阳儿。腰身过于饱满,有乡亲遇见便常常凑上来问到生养的年月,她笑而寡言,吞吞吐吐地说不清楚。

"怕是腊月吧?"

问得紧了,她反而去求教问的人,无知的样子让一些善生的娘儿们觉得可笑。她回答金山的时候也是这句话,金山也无知,因而把这个犹犹豫豫的说法看得很严肃。他扳着手指头回想造孽的日子,恍然记起一次半次的成功,如何成功却模糊了。女人就红着脸提醒他,那一次怎样,另一次又怎样,不是那一次便是另一次了。金山于是频频点头,仿佛确有那么一次,然而究竟是哪一次又是怎样的一次,仍旧是无从印证的模糊。次数太多,行与不行的界限也不大确定,他就不再计较。总算喂鼓了女人的肚子,别的可以一概抹煞,况且他不是一贯强悍的么!鬼迷心窍的杨金山想到女人的顺从,真以为自己确有点石成金的本领了。他已经计算着新的成功,有一便该有二,种一次是完全不够的,不够的!他忽略了女人眼色里的慌张,不晓得女人在求助于他的糊涂,只以为那是怀想他对她的种种侮弄而浮出来的娇羞。他感到慰藉。他喜欢她战战兢兢的样子。女人的胆怯让他加倍地尝到了为夫为父的喜悦。他要让咒他无后的人看看,堂堂正正的杨金山就要做那个小崽子的父亲了。

第二年正月十六日,坐落在洪水峪村南的杨金山的宅院一片繁忙,产妇凄厉的叫声自半夜响到黎明。大北屋的油灯陡然熄灭,接生婆累得昏头昏脑地跟跄到台阶上,向脸色苍白的杨金山郑重宣告:一把大酒壶,一个带把儿的大酒壶！边说边把一个带血的手指直挺挺地伸出来，以它来象征降世者与另一类有别的最显著最紧要的标志。不用比画金山也明白了，嘹亮的哭声把底细全部告诉了他。他的儿子很强壮，他的儿子对一切很满意，他的儿子在呼叫父亲，那哭声孝得不能再孝了。

"狗日的！我那儿哎！"

杨金山一头撞进了大北屋，猛兽似的向母子俩扑了过去，在炕沿上跌翻了身子。

守在院子里的乡亲不胜唏嘘。

杨天青不在家，初五就赶着骡子到西水一带拉脚去了。似乎要避开那件事，在外周游了近一月。归来是在十几天之后，在村外遇到老乔家的二小子，说菊豆生了一个男孩儿，名字已经定了，唤作杨天白。按族里的旧名谱起的，天白恰好对着天青，是他的弟弟。二小子又耍笑，说再搦一个出来，怕要叫作天黑，天黑的名儿还真没见过。

"快去看看吧，你弟弟胖着哩！"

"我婶子……咋样了？"

"淌了半缸血，你叔把她当佛供着，忘了当初咋着治弄她来，你快去看看吧。"

天青呼了一口气，却拉不开腿，呆呆地站了片刻。他把骡子牵到山上，在一面草坡上躺下来。一蓬枯萎的野蒿子拂着他的脸，头顶上的白云在冷风里匆忙地赶路，树林里此起彼伏地响着嗖嗖的冰凉的声音。

那人是他弟弟。这层意思竟没有想过。他既然唤作天白，那么他天青必得做他的堂兄弟，这是杨姓的名谱里早已排定了的。他想不到这一层，是因为他一直企图做他的父亲，他确乎是个父亲。然而事情已经明确，对儿子他只能以兄弟相称，直至永远。他也将无尽无休地做那个女人的侄子，永远无法改变。遥想落马岭野地里的一幕，两条命透彻骨髓的联合，却原来都是无益的徒劳，只是一时的凑趣了。他无法容忍。这不公平。太不公平。他不能理解那个小畜生凭什么要被叫作杨天白。陈年的名谱是祖宗里的混蛋灌多了薯干酒之后说的昏话，他不能答应事情落到这个地步，自己这条命说什么也不能让他们这般戏弄，他得吼天叫地把自己的东西要回来、偷回来、夺回来！他不怕杀了谁。他不怕。杀谁却不知道。或许就该杀了自己？

该杀么?

杨天青跨进院子的时候,又成了以往的那个人,恭顺而委琐。先在槽头上围着牲口安顿了一阵儿,然后把揣热的钱塞到叔叔贪婪的巴掌里。钱是厚厚的一叠,叔叔喜笑颜开,把他上上下下地打量,他就憨蠢地低了头,仿佛对自己的能干很不好意思。

"骡子劲道差些了吧?"

"不差。"

"天天喂的啥?"

"黑豆。叔让喂黑豆,不敢买麸子,怕瘪害了它不是……"

"喂得不赖,有膘!"

天青眼看着别处,耳朵却搜寻北屋里的动静,听到窸窸窣窣的声音。女人竟然怯得不敢招呼他一声么?

"……婶子生了?"

"生了。"

"生的啥?"

"儿子。"

"胖不？"

"猪崽子！"

"……挺结实？"

"像个轱辘。"

"…………"

天青舔着嘴唇，等着，叔叔打个呵欠，似乎不理会他的意思，也不准备把他请到坐着月子的北屋里去。侄子犹如外人。

"你歇吧。院子里抬胳膊抬脚轻些个，看惊了小崽子，他睡不实。"

"婶子好不？"

"奶水足着哩，吃不清！"

"有奶就踏实了。"

"可不……你担水去？不歇歇？"

"这缸……空了。"

"要担就担去吧。"

天青在水泉结了冰的石条子上蹲了半天。溪流对岸有人赶着羊群走过，见他渴坏了似的咔咔地嚼着冰凌，像吃干粮一样。他东倒西歪地担起两桶水，似乎喝多了酒，又像扮演着一出山梆子戏，幽幽地唱着什么。他不停地以袄袖子刮脸，不知是对付冷汗还是对付风催的寒泪。

惊蛰那天后晌，杨金山去村西办事。杨天青攀上柴垛，隔墙看着叔叔的背影逶迤远去，随后跳下来斗胆奔向北屋，撩开了厚重肮脏的棉布门帘子。菊豆捧着一只乳，正给没出满月的天白喂奶。两个人没有话，先是彼此痴迷地看着，然后就把目光合成一股，共同投到褟褓里小小的面孔上。天白吃力地含着奶头，两颗黑亮的眸子却忽东忽西的极是灵活，天青的大手不由地捏向了他。

"轻些，冤家！"

"把我想死！"

"像你不？"

"我啥样儿？"

"看他便知了……"

天青嘻嘻地笑起来，女人把脸弯到天青的胸襟嗅来嗅去，在腋窝旁稳稳地靠住，天青的爪子就移上女人的奶包找不见路似的仓皇地乱走，女人便也嘻嘻地呜咽起来。突然静了嘴,一块儿听着窗外。窗外也静着,只有懒散的母鸡在咕咕地觅食。

"走吧,他回来可了不得!"

"回不来,怕才到哩!"

"撞上就毁啦!"

"撞上罢了,我怕?"

"他可不拿斧子砍翻了你……"

"砍去!三个够他砍一气的。"

"人后充啥牛胆子,你个鬼呀!"

"算啦……这次拉倒!"

天青把手紧催了几下,由女人的腹窝里恋恋地拔出来。天白已经松了小口,粉红的舌尖顶在唇间缝隙里,鼻管一扩一扩地香甜地睡去了。女人敞着白胸,从炕沿上端起一只碗,很苦闷地自揉自握,把盛开的奶花射进去,溅到天青手上的几朵让他埋头舔吃了。

"留奶袋子里怕啥?"

"胀煞哩!"

"真就吃不清?"

"吃不清。"

天青着了魔,下巴耷拉下来,死盯着葫芦把儿似的嗞嗞喷水的奶尖儿。让女人清清楚楚地看见了一股孩子气。

"傻啦!想吃?"

"我……"

"想吃……你吃去。"

"不疼?"

"我那冤家哎!"

天青哈着碗似的大嘴扣了过去,将热绵绵的肉坨团团包住,甜腥的浓汁渗进喉咙之后,他就觉着自己真是这女人的宠物,而女人则是他的仙了。他在白日梦里琢磨着将她吞掉。

杨金山回到院子,见天青正坐在篓子上哼小曲儿,手里绕着骡子的麻绳笼头,往上面编织一朵破布剪出的花饰。他默默地从侄子身旁走过去,始终没闹明白那是哪里弄来的高兴。都说侄子呆,看来确是呆了,然而那呆的后面似乎有什么东西让人不放心。刚才拒了媒婆提的婚事,礼钱索得太狠,就是倒贴钱,他一时也舍不得丢开这条过人的劳力。侄子若知道了这些，还会唱小曲儿给自己听么？如果明知道了还要唱，高兴里便有恶意了。睡他的屋吃他的粮，厚道的侄子不像是抵触什么，怕是真高兴着哩！碗沉炕暖不高兴才有怪。杨金山释然了。

谷雨前夕杨天白过了百日。第二天杨金山独自去史家营为老丈人送喜酒，日头偏西了仍不见回来，那头骡子却在晚饭时辰踏踏地闯进了门道。鞍鞯光溜溜的，槽里添了料豆，畜生竟不吃。以为叔叔给人拦在巷子里说话，等久了却还是不露，村头村尾均不见影子。

"路上跌了？"

"骑了一辈子牲口，他会跌？"

"不跌咋不回来？"

"回来不回来由他……"

"我去南岭崖道上看看？"

"等吧。"

菊豆向天青交换了一个眼色，天青却不懂，扒净饭碗就出去，在老乔家借了一只马灯架子，逆着山道奔回南岭之夜。

走着走着才略微有些懂,刷地冒了冷汗。回头看看村子,那座屋宇淹在黑风之中,似乎有两只秀眼在突突地放光,把一块黑割成阴沉的碎末儿。不敢想了。

在南岭一个阴风阵阵的道弯儿里,杨天青踩到了一颗头。虽说拎着马灯,静静摊开着的仍旧像是黑长的顽石。踩了也没有声息,就把灯光移上那张脸,腿上的肉绷紧,似乎有心再踏上一脚。路旁的草丛后边有崖,把这块软石头掀下去,不碎也能成饼,心事或许竟能就此了结。然而爹娘在冷冷地看着他了。这天白的父亲最终是把天白的另一个父亲狠狠地撂到了背上,鬼挪尸似的挟着一星鬼火,踟蹰地走在漫山的阴森里。

起初以为杨金山是醉了酒,因为全身上下无伤无血,扔到北屋炕上,开着的嘴巴微微地吐着辣气。一夜无话,菊豆悚然时掐天白的腚壮胆,哭声不能再大了,金山的表情却无比安详,睡得如僵若死。厢房里的杨天青睡得也不错,吭吭唷唷地扯着响鼾,因懊丧而赌气似的。天明以后杨金山不睁眼也不醒,两个醒过来的这才觉得情况不妙。请来族里的老人,擂胸打背扭胳膊,把死人颠翻了三遭,喷了无数冷水,好歹折腾出一丝活气。先睁开一只眼,随后动了一只手,却不说话,歪嘴馋狗似的拖出了一条长涎,伴着零乱的呜呜声。菊豆皱着青眉远远地看他,不知是悲是喜。天青却有些忍不住,外人刚刚走净,他就倚在门框上哧哧地呆笑起来。那人想动难动,欲说难说,怪模样委实滑稽。天青咧着嘴快活,心里没有不幸,女人更是没有,然而可恶的天白竟哀声哀气地大放悲声,让女人一奶头儿噎住了他。

"他咋了?"

"说的呢,咋了?"

两个人踱到灶间里,都问却都不答,天青把女人挤到角落的秫秸堆上,嘴和手仓促地逗出几个手段,直至听到软软的笑声。

"晌午烙面饼!"

再吐话时,男人就用了主子的口气。北屋里那一个分明已经废掉,是人是畜难说了。

以后人们知道了原委,精明过人的杨金山是中了风,与骡子和酒都没有关系,由黄塔请来的乡医也说,这是瘫症，无药可治的。料理好了可以不死，若有硬朗的前缘助着，或许还能下炕走走，说出一句半句整话，然而人确是不中用了，不论做什么用。抓了十几剂汤药，吃了果然不行，便只好单一吃饭吃水，上下两个穴总算通畅，进出无碍，苦恼的是和天白做了一类，香的臭的稀的干的都需要女人来伺候，彻底地告别了往日的威风。上中农杨金山苦度一世，图的是做个人上人，最不济也求做个不弯腰的汉子，到头来却不知栽到哪一路恶鬼手里，扔了全数资格。像日本人打响了三八枪，前妻一嘴泥啃倒在芝麻地里，他也或坐或卧在炕角那块苇席上，被打透了似的一点儿一点儿硬下去，眼看着完蛋了。

六天之后的一个午夜，一条黑影顺理成章地游进了厢房，炕席嚓嚓地低吟了两个时辰。月光里闹着几多嘈杂和纷繁，犹如大群的野蝗在夜色中飞跃滑动，山岗也在摇撼中劳累了，疲乏地连连乱抖。

"我那亲亲的小母鸽子哎！"

一支响箭嗖地划过山风，射入茫茫大气，在暗蓝微黑的背景上布出了星星白火。远天里凝着一声不绝的长叹，零乱呼吸便小到无,化作无边的静了。

六

大祸悬头的杨金山迟钝了足有三旬,一天早晨突然说清了半句话。菊豆正托着胯骨为他刮屎,听他呜呜地乱卷舌头便不耐烦,手下得很重,听懂了才吓一跳。

"……皮疼!"

菊豆疑是听差了,索性再重些,玉米秋擦着瘦黑的腚窝子,像搓着一块墙皮。

"……刮烂我!"

音调似是似非的不准,却让她不由地轻了手,脸上闪了道根深蒂固的畏缩。事后告诉天青,就比肩凑到跟前,东问西问地问了些,那块老舌头却又一嘴肥膘似的囫囵起来,发问的人便放了心。老东西确实不值得一惧了,乐事已然无可阻挡。

杨金山顿悟他的悲剧,是在数夜春风狂度之后,在一个简短清醒的后夜。睁眼时见到一席月光,儿子安卧于炕的另一端，像飘着半段橡木。席面余下的部分空空荡荡，不知丰肥的女人哪儿去了。目光缓缓地搜尽炕里炕外的阴黑处所，确认了她的不在，脑筋搅拌着，搅拌得渐渐加速，终于断了弦似的在头皮里炸了嗡的一声巨响。

四更时厢房的门轴浅浅起动，像是一句猫歌。苦熬苦候的杨金山再也无法容忍这一打击，好坏手脚一齐乱扒，决意要爬起来，竖着站到地上。灼热的人影闪进房，在炕沿高低处见到一个头朝下的人，正蠕动着挣脱倒挂在枕头下的那只瘫脚。吧嗒一声，居然脱离了，四肢全部地伏了地。热着的人影儿顿时冷却，颤巍巍地侥幸地移过去扶他。算计准确的杨金山趁她俯腰之机一掌攀住了她的散发，用这只尚存余力的好手传递他的愤怒，他快马收缰似的狂勒起来。女人扑倒在地，头颅被引着撞向炕沿，一时惊傻了，竟软软地无从反抗。不知谁的脚抵开炕膛火口上的挡石，红光四射，映出了一粗一嫩两只变形的花脸。

"……宰你！"

"他叔……"

"……宰！"

"你疯啦!"

"……杀鬼……杀!"

"你杀吧!杀吧。"

"……骚……狗……"

以下的一长串审问听不清了,菊豆咬着牙不叫,恍然听到头发根嘣嘣的断裂声。金山得不到答复,就扭着手里的脑袋往通红的火口上捅,终于挑醒了女人的意志。搏斗以男人的失败告停,降服他原来用不着多大的力气,他的野蛮不过是一层虚妄。

"你瘫了!还想欺我?做梦吧!"

菊豆爬上炕席,抚着针扎似的头皮盘腿坐下来,想到无数受虐的夜晚,看着让她推翻在衣柜旁气急败坏的男人,她想哭。

"摸摸裤裆里剩下啥?屎!"

"我把事情做下了,明说给你。"

"拍拍你那良心,你杀了我多少回?短命的怕早几年就给你整死哩!天爷照料咱了,给了一个天青。你妥妥听准,那人是天青!老不死的你恼吧……"

杨金山趴在那儿不动,像倾听发自地腹里的声音,刷刷地冷着一串寒战。地上炕上的就这么对峙了一夜,菊豆无心料理他,管自入睡。杨金山度过了人生最为旷达最具悟性的光辉时刻,不幸的是未能坚守,做出了不知深浅的举动。菊豆清晨醒来,嗅到一股燎猪毛的呛味儿,抬头便看到那张锅巴似的烤焦了的黑脸,和那脸上失去眉毛却仍旧不停眨动的一双朽目。焦的只是表层,命还在。看破红尘的杨金山确实企图把脑袋当木炭塞进火口,然而不知为什么在最后关头突然改变了主意。杨天青抬他上炕时他一声不吭,枕头挤破了燎泡也不曾吟一下,直到四周无人时,他才脸贴墙嘴啃席哗哗地淌出了混浊的老泪。世界对他来说是万分险恶了。

杨金山把宝箱钥匙交给女人,又付了一大笔药钱。烧伤治愈后,洪水峪便多了一条活鬼,探视他的乡亲都说,那人是不能看了。又说他的命为何如此硬朗,两碗粥一顿竟不够喝哩!天青把烧伤解释成自跌自误,人们都信,然而人们都以为金山家的宅院罩着谜,解不开的。不论何时去人,总能见到杨金山望着火炕另一端的儿子,表情神秘。老看老看,眼都舍不得眨,这不够不休的馋相不是很怪么?

杨金山病中爱子,是村中老人的一段糊涂话。丧父的愚侄为叔叔克尽孝道,是挂在他们嘴边的另一种糊涂。他们不放心的只有那个俏娘儿们,但一时也找不到理由。他们无意间结了同盟悄悄监视,却始终找不到把柄。才华黯淡的人们无法领会欲海出征的景象,自然也无法想见茁壮的桅樯如何撑阔了一领白帆,飞一样在日月里奔驰。

时令过了大暑,蚊虫因为炎热而更加活跃。那天神态安稳的杨金山没有吃晚饭,像往日一样专注地看着天白。菊豆见他不动筷子,以为是热蒸的,就倒了一碗凉水,跟那碗小米饭一起摆在他枕头边儿上。她是越来越傲慢了,天才黑就抚得天白睡牢,也不看金山是否醒着,腰条款摆目空一切地离了北屋。杨金山感到了由厢房辐射而来的意气风发的热烈气氛,他看着天白,不动声色。

两个水手操作在航线上,驾驭着星光灿烂的夏夜,未曾提防暗暗拱出来的礁石和由远天滚滚而来的狂风骤雨。土炕和屋顶尚未倾斜,他们在颠覆的努力中突然听到了一个被掐断的哭声和一声紧紧压抑着的咆哮。杨天青腾腰下炕，挺着光溜溜的身子冲了出去。女人徒然地罩着亵衣，因恐惧而更加酥软，跨了没几步就蹲在门槛上了。

杨金山以一只有力的大手攥着天白，小崽子猪腿粗细的软脖儿充实了他的掌心，他快意地咧着鬼一样的大嘴，调动着全身的力量。他要消灭他。他是用拐棍把子勾住襁褓开始第一步的，他的最终目的是掐死这个饱含欺骗的谬种，否则死不瞑目。

他险些做成了这件事。

杨天青粉碎了他的报复。这个侄子以同样的方式和同样的果决掐住了他。杨金山在窒息中松了手，然而窒息并没有离开他。他无动于衷地静候末日降临，在突然闪出的油灯的微火中发现了另一个男人的裸体，吊在他脑袋边不远处的雄大器官居然保持了惊人的挺拔，直令他万念俱灰只想速死。

"天杀的！毁了他吧！"

杨金山听到了女人的声音。想到她偷获和领略的那番新局面，当是自己从不曾给过的，这声音竟让他听出了合理。或许娶了她真就是一个错误，违了天意，如村中老者反复指点的那样。老天爷却选中了他的侄子，人世确乎难料，死在侄子的手里可见也是前生注定的了。杨金山呼吸困难，不由自主地很舒畅地撒了一泡尿，觉得自己正从潮湿的炕席上浮起来。

"愣啥？毁了老不死的！"

"闭灯！"

那铁环一样的杀手竟松开了。杨金山听到了天白的哭叫，一会儿便缓下来，似乎吮到了奶水。以为自己很下力了，却还是不行，金山颇感羞愧。换了那双手准妥，然而真换来了，自己就不会在个骚娘儿们跟前临了如此的惨状。他想到从自己身上失去的遥远的雄壮岁月，仍求速速一死。

天青又伸出一只手，搁在他脑袋旁边。

"活够了吧？"

金山不答，等着。

"我不绝你的日子。你还能吃饭，妥妥喘你的气，我伺候你，听清了？"

金山不信,仍等着。

"再毁我儿子一指头,咱们就看!"

那只手抽了回去,女人低低地叹了一声。炕沿前两个人影儿贴着,又分开来。

"活够了告诉我,好办!菊豆,领孩子睡,怕他不成?……算啦,容我日后想想……愁死我!"

叽叽喳喳地商讨了一番,天青驼着光身子独自出去了。女人抱着孩子唉声叹气地坐了一夜,金山却睡得很好。第二天,杨天青背着杨金山从村巷里穿过,人们问他干什么去,天青憨笑不答,金山则眯着眼像睡着了一样。来到小溪流一块大石头后面,天青放下瘫子,先脱自己的衣服,跳到水塘里试着泡泡,又爬上来脱金山的衣服,金山呜呜地挣扎起来。

"怕淹死?由不得你!"

天青把瘦鸡似的叔叔抱进了水塘,浸了浸,就让他坐在里面了。水淹到金山的脖子,他惊惶地眨着粘垢重重的小眼儿,抱住了侄子的一条腿。天青怪声怪气地笑着,把从货点儿为菊豆买的肥皂反复看看,也给金山看看,然后就磨花砖似的在叔叔肮脏的头发上快活地搓了起来。头一次用这玩意，两个人都为那白白的蓬松的泡沫惊讶，搓至金山肋骨的时候，放了心的老东西居然痒得频频躲闪，而且暗自嘻笑了。天青把荡涤干净的叔叔摊到大石头的平面，让夏日前晌的温暖光线去照射他，自己则泡到水里，攥着肥皂仔细研究。洪水峪众乡亲看到了一幅无比和谐充满人性的动人景象，天青的憨厚和仁义几乎可以竖碑了。

金山看出侄子要伺候他是真的，而公然地侵害他也是真的。他挡不住侄子跟娘儿们造孽，却无法拒绝使生命得以维持的种种伺候。他能做的只有不看天白，随时随地让目光避开那个谬种。这是一个仅次于死亡的痛苦问题，既然老命尚需苟且，那么对此视而不见也就不是无法忍受的了。他发现原来自己也和别人一样，怕死，尤怕横死。让他死掉对别人来说是件轻而易举的事。他为自己不得不这么活着而万分羞愧，但是他不想死，的确不想。他在幻觉中屡次看到自己像往日那样威风地站了起来，等盼到那一天，好瞧的事可就多啦！他现在不能死，绝不能。他远在地府的祖宗和爹娘给了他最充足的声援，他们饶不了天青那个败类,阴间已没有兔崽子容身的位置。油锅怕是正在点燃,阎罗们已唱起来了。

得胜的杨金山就这么时时地陷进一种陶醉,半夜偷淫而去的菊豆几乎引不起他的哀伤和愤懑,他从旁计算着他们积累的罪恶,为那最后的惩罚而开心。

杨金山的武器只剩下地狱的油锅了。他在梦想中把妻子和侄子炸成了焦脆可口的麻花儿,每天每夜不停地咀嚼这胜利的果实。感觉良好,他已经咬碎了他们。他们完了。他们惨叫起来了。

"我那亲亲的小母鸽子哎!"

他们果然就跌进了与死无异的深渊。却又一次次地活过来,不知是谁拯救了他们。于是重整旌旗,准备奔赴来日里更为浩荡的飘摇。他们已经彻底地视死如归了。

丰姿绰约的王菊豆首先领悟了巨大的危机。错了三日不来红,先是一悦,尔后大惧,粉脸刷地失了血色。厢房里愁云密布,忧郁的杨天青也没了办法。那红姗姗来迟,毕竟来了,然而授者和受者平添了许多胆怯,一举一动都带着懊恼和猜疑,事情竟然做不下去。这可如何是好哩!

十月无战事。

秋天，王菊豆蒙着花手巾风摆杨柳似的出了村庄，逢人便说去乡里赶集，却悄悄地赴了十几里之外的双清庵。焚了八炷香，给一个泥胎磕了无数的头。暗暗地跟了一个老尼姑走到大殿的后山墙，扑通一声就跪了下来。尼姑问明道理，幽幽一乐，说她刚才拜错了偶像。尼姑说明了招胎与拒胎的不同，领她到一个偏殿，让她跪在一个巫婆般笑着的泥塑脚下，自己也合掌闭目，苍蝇似的嗡嗡起来。最后给取了一包药，吩咐必得用的时候才能看，如何用，却是到一个僻静的地方才肯细说，菊豆未听先红脸，听后就紫了。那药不是吃的。

"咋着续哩？"

"男人给你续。"

"续散了咋办？"

"有一口水行了……"

细细道来，菊豆仍是似懂非懂。离了双清庵，走在秋风流爽的山道上才逐渐理出头绪，顿悟那不过是个类似葱秆子挑了豆酱来吃的办法，让尼姑说得玄虚了。

一试大痛。

二试剧痛。

王菊豆便又去赶集了。恭敬地找到老尼姑,加倍地付了香钱,轻声轻气地说那仙药像是不行。尼姑辩解了几句,然后上上下下十分轻蔑地打量着她。

"才用一次就受不下了?"

"辣煞了!剜肉比这好些个,受不下了。男人疼得咬我哩……"

"你可疼?"

"疼煞!"

"不疼你俩可有够?"

尼姑盯着她的俏脸,像是要跳过来咬她几嘴。菊豆自知冒犯,就不再言语,尼姑又塞给一包药,不好不接,便揣下了。

"你说养了六个孩儿,是真的?"

"真个的。"

"图乐子没个够,还得添嘴!"

"男人图哩……"

"你不图？"

"我……"

"用药十番，保你厌了！"

"我用。"

晚间，俩人凑在厢房的油灯底下仔细剖析检验那些药面儿，欲用不忍用，却又不能不用。天青再次疼得大抖，叼住了女人的肩膀，女人也疼，咬牙忍住了。

愤怒的杨天青把药包扬到地上，恍惚嗅到了辣椒面子的呛味儿。狗尼姑想必是在香灰里搀了那物件儿，他和菊豆让个老窟窿给作践了。两个人用清水泡了身子，彼此抚慰了痛苦处，有冤难申，终夜无眠。

杨天青却再也摆不脱老尼姑给的生动启发。他想到了肥皂，想到了蒿子叶，最后他还想到了司空见惯的物质：醋。

他犹豫不决地策划着全新的举动。

洪水峪仿照邻村的榜样，成立初级社了。动员的干部找到杨金山，老东西歪在炕上装聋作哑，死也不肯交出那十亩地。干部们找到天青，让他拿主意。他只是笑，嘿嘿地摊着两只大手,像是很呆钝的样子。

"有粮吃咋都行!"

干部们刚觉着有门儿,他却呆呆地补几句,笑得更纯朴了。

"我叔死性,搞急火了怕他弯了命不是!他好赖有口气,地我替他种着,他蹬了腿儿我就让婶子把地交出来。我光棍儿一个迟早是社里的人,你们丢了我我还没地儿讨饭哩!"

"你婶子娘家是地主,你叔不交地是听她叨咕啥了吧?"

"婶子爹是地主,婶子不是。她念政府的好哩,乡里拨的棉花不是也有她二两么?听叔唠叨那娘儿们喜得泪麻麻的,她念咱政府的仁义哩。"

"你叔死了,你动员她交地?"

"我动员!"

"还有骡子。"

"也交,让咱咋着咱咋着。"

"你叔啥时候有个死哩,瘫了瘫了看着倒比往日硬朗,这老东西命不赖……你捺个手印儿吧,日后别反悔!"

"不悔,说的吧!"

杨金山成了名正言顺的单干户。这是洪水峪早年诸多不可思议的事件中很平常的一件。有些不可思议的怪事则埋伏在暗地里,以隐晦的方式悄悄运行。

杨天白闪闪跌跌地走起路来了。杨天白吱吱呀呀地说起话来了。他学舌先学了一个娘,后学了一个爹。他盲目地把爹声呼给见到的每一个男人,甚至呼给那匹骡子。最终还是叶落归根地呼给了杨金山。白发苍苍一脸伤痕的老者是他父亲,他早早地确立了这个认识,从此爹声不绝于耳。他费劲地学会了称呼天青的方法,嗓膛太软,唤哥时尤如叫饿,他一定忘不掉被唤作哥哥的那个人永远无法改变的忧郁表情。

杨天白的大头大脸酷肖天青,然而洪水峪没有人破译这个重要的遗传密码。人们不记得杨天青儿时的脸相,况且杨天白又从他母亲那里继承了过多的俊秀。

这是一个优秀的后代。不仅优于杨金山,也优于杨天青。他的眼珠儿比他们灵活。他的下巴咬得很紧,还不惯于在思索时耷拉下来,因而他尚未具备鲜明的种族特征。他无忧无虑地大哭小笑的时候,他的前辈们正在经受平凡的苦难,而他的生身父母则为人世中一个小小的具体难题苦思冥想,束手无策。

杨天青在一块肥皂上下了手。它可以去油污,可以辣得眼疼,自然也可以杀死精水。终归无效,不是也比老尼姑的辣椒面儿好得多得多么!

杨天青用镰刀切割,得到一小碗蚕豆大的颗粒,黄蜡蜡恰似熟透的野榛子。鼻子闻闻不放心,又用舌头舔舔,还是不放心。厢房之夜不再浪漫,两个人光着身子迟迟不肯行动,装了肥皂粒儿的小碗摆在四条腿之间,在油灯忽明忽暗的照耀下像是一件非凡的圣器,正在酝酿难以预料的魔法。

菊豆在碗里加了两口水。天青伸出哆哆嗦嗦的手指挟了一块,在碗沿上小心研磨。活像筷子挟不住山雀蛋,光滑的小东西频频溜掉,天青极有耐心地捕捞,又以极大的耐心磨出了白而透明的层层泡沫儿。他仰天长叹了一声,深感自己的精力已经耗完,对以后的任何步骤都没有兴趣了。女人徐徐打开自己,表情悲怆,一副听天由命的样子。

那一次足足塞了三颗。

事后杨天青一连数日愁眉不展,回味那些奇怪的滑,他便立即想到老八团的大兵,想到他们咣咣地往枪膛里顶子弹的样子。他填的是肥皂块儿。他觉得生龙活虎的自己成了器物,饱满光洁如花似玉的菊豆也成了器物。他很烦恼,不明白好端端的一件事怎么闹成了这副鬼模样。

青春岁月受到遏制,难以蓬勃,变得格外陌生和无趣了。肥皂用得很节省,因为几乎不用。不用并不意味着色胆包天,而是因为他们以无比顽强的意志抗拒着同样无比顽强的诱惑。依旧秘密同房,无拘束的却只有用以吃饭的口舌与用来操锄种田的手指。相拥落泪的时候,天青为了寻找乐观,便讲述山墙上那个早年的秘密洞穴,深得要领地描绘一种排泄的姿态,甚至诉及了排泄物的一以贯之的颜色。以为她会笑的,她却畏寒似的缩起来,咬住他的一块肉强忍号啕。

"冤家!"

"亲亲！"

"咱俩死吧！"

"你活我死！"

"你死我就不活！"

"亲亲！"

以被子蒙严了头，雌雄大恸。

厢房里也有冷静的策划和残酷的讨论。女人说到忘情处舌尖儿乱点，像一条白硕的毒虫。

"我百日里剁豆腐，咒死他！"

"死了也无用。"

"你说咋办哩？"

"咋办也无用。"

"敞开儿生养，让人嚼去！"

"只嚼嚼也罢了……"

"就做了坏分子，咋着？"

"……死倒强些！"

"冤家哎！带我们母子逃生了吧。"

"何地落腿哩！"

"去口外给蒙人放羊。"

"说的吧!地给哪个?丢了地不如丢口命,那年闹饥荒口外饿过来多少人?看了麻哩!"

"日子眼看不是人过的啦!我今生要不妥妥跟了你,我哪日就扎了泉眼子!"

"昏话!你容个空儿,让我……"

"不指望啦!"

"你就愁死我,愁死我你可省心!"

"恼我?你个鬼呀!"

非夫妻的争嘴,火候倒熟过夫妻。杨天青至少有一瞬感到了女人的可恶与拖累,好在从不曾认为女人多余。假若感到女人多余,他自己便也是多余的了。

孤独的杨金山越活越有韧性。小孽种杨天白在村巷里能够四下乱窜的时候,老东西也学会走几步了。不是严格的走,而是坐在一个倒扣的篓子上,凭着好手好脚的支撑歪斜着往前挪动。要想置身于村巷北墙那片喜人的阳光之下,他得费掉两个时辰。他喜欢这个工作。天白当着巷子里的过路人唤他爹爹,围着他的篓子绕膝玩耍,都让他满意。这不是他的儿子，可也不会是别人的儿子，至少一时不会。消沉的侄子和妻子越来越无精打采，他们想入天堂却入了阎罗的重围，它们是帮助金山的，他和她已经惶惶不可终日。杨金山在老阳儿里眯着眼，确实看到小鬼儿们做了他的前锋，不由地一阵快活，快活得昏昏欲睡。天白稚气的爹声传来，加入了他的报复，两个深辱家门的人已经不能不败给他了。他是洪水峪爹中之一，天青不是。过去以为天青夺了他，而今才悟透是他夺了天青。他死也不会给了！他深知了自己的强大，和另外两个人的衰微。收工时辰，由地里累回来的侄子木然地背他回家，老东西俨然是位彻底的胜利者。打击他胜利者情绪的事情不多，但是他的确无法忍受菊豆后半夜从厢房带回来的肥皂味儿。做事便做事，居然要洗净了自己！害得他妒火如焚。

几年间用了多少肥皂，天青已记不住了。图节省颗粒削得越来越碎，使钱的地方又越来越多，忽一日便舍不得再买。为了自己也莫名其妙的名誉，他怀着玉碎的决心给女人灌了几勺五分钱一瓶的杏树汁儿似的水醋。不辣，也不滑，比尼姑和自己的前一个发明均好些。夜的回合已经压得格外稀少,厢房里大抵只有一人独睡。醋却是不时地谨慎地用着的。下地时天青觉得痒,看看却已泛白,而女人终于糜烂了。千真万确,阎罗正在无情地围剿他们。他们已经招架不住。菊豆佯装心口疼,疼得昏在村巷里,招来众人围着。天青佯装匆匆赶来,以骡子负了她惶惶而去。拐过玉石沟的山弯儿,菊豆直起软腰,见天青在悄悄地咬牙。俩人一畜奔了邻乡的卫生院,如赴屠场。

医生问得紧,菊豆险些说出一个醋字。誓死不招供,就招来许多审判。杨天青在诊室外听到有人说他的菊豆白净似雪的躯体太愚昧、太肮脏,就想蹦进去掐死那个胡言乱语的狗大夫。菊豆给人全面深入地洗了洗,端着一瓶药水梦游似的走了出来。天青背地里捉住她的手,想着他对她的磨难,想着生死与共却非人非鬼的未来岁月,就想抱了她的身子,永永远远地去保卫她,不惜以命相殉。

政府的巡回医疗队开到村子里来了。黄昏时男女老少聚在核桃树周围,看女护士捏着根小彩棒在腮里乱捅,捅得两唇之间白沫儿飞扬。做过刷牙示范,又掏出一柄小剪刀,嚓嚓地切着白指甲,那指甲小得竟如一片鱼鳞,让乡野汉子看得如醉如痴。之后另一位女大夫开讲,村干部们神秘莫测地驱走全体男人和孩子,留下一群老少不等的妇女。天青恍然看到,被汽灯照亮的那张中堂大小的画儿,绘的是半个屁股,红红的不知给谁切开了。

夜半王菊豆在被筒里掰着手指头为他转述,他也着了迷,伸出两只手加加去去地扳弄起来。别的女人或许不上心,她可是在意的,未听漏一个字。他们接受和探讨的是洪水峪古来未见的邪说。那是一种逃避卵子的方法。

同炕共枕的事业并未因此而美好。所谓安全期对他们来说始终是充满恐惧的危险日子。侥幸没有怀孕,只能说是天助。

"我那亲亲的小母鸽子哎!"

登峰造极的呻吟已经远不如往日纯粹,让机械性的计算和逃避败坏了。日后如火如荼的避孕大战波及当代的洪水峪,忠诚的党的工作者们愤怒于众人的反抗,然而他们绝对想不到岁月埋没了一位无师自通的勇士。他的顽强和智慧无与伦比。

疲乏的杨天青不足三十岁便苍老了。

七

　　杨天白上学前一年的阴历六月初八，史家营鬼迷心窍的老地主王麻子服了砒霜，到地狱张罗变天的事去了。洪水峪这边有人找王菊豆训示，说她爹那是要复辟，你若想接着复辟将是同样的下场，若不想复辟呢，自有贫下中农监督着你，不会不让你活的。天青也被唤来，吩咐他不要沾婶子娘家的事，沾多了说不清，仔细伺候叔叔便罢了。王菊豆事隔多日之后才去史家营奔丧，天青送她到南岭。娘家那边老爹的坟头早已没了热气，有泪不敢多流的老娘悄悄塞给她一个鼻烟壶，叮咛万不可给人看到，过南岭时甩到涧里就踏实了。那壶及壶里的毒药是王麻子早年去城里办货时置办的，起初说是喂那些到村里扫荡的日本人，又说八路催粮催紧了也喂，最后又扬言要毒杀抢了他产业的贫协首领。他用威胁笼罩了他嫉恨的几乎所有的人，结果倒是他自己先忍不住，馋嘴猫似的匆匆忙忙地服下了。他可能终于明白，配吃这玩意儿的只有自己。王菊豆返回洪水峪的时候面孔苍凉六神无主,像一片霜打的菜叶儿,直让人担心她是否也吞吃了什么东西。杨金山躺在炕上呜呜地向她招手,想打听点儿事,她默默地拧给他一个背。她对老东西已无话可讲,一眼也不想看他了。

子时光景,王菊豆小心翼翼地摸进厢房露风的破门,像吹入了一股鬼气。杨天青划火时差点碰翻了灯盏,腾出半个枕头给女人,她却不解衣也不躺下,呆呆地望着灯芯儿。天青有些怕了,伸手扯她时,见她掌心里攥着一个烫花的瓷壶。

"拿的啥?"

"还能有啥哩。"

"你这是咋了呢?"

"不咋着,闭了灯吧?"

"亮着去,心里不踏实。"

"你可有啥不踏实。"

"……你面相不对付。"

女人不理会,挪近灯光,在窗台的青砖上磕那个小壶的瓷口儿,一撮麦子粉似的盐末儿似的亮东西洒了出来。

天青就怕得不行了。

"菊豆！你想开些……"

"狠狠心，在南岭我就服了它！"

"昏话！好端端找死哩！"

"死了清爽。"

"你舍了我，可舍得下天白？"

"就狠心舍了你们，我可少遭八代的罪哩，我受不了啦！老东西不死不活，我终又跟不了你，天白一日大过一日，我就活活地不敢看人！我怕是活得够啦……"

天青夺掉鼻烟壶，封了口塞入枕底，为女人松带宽衣拂泪，调集浑身解数把她梳拢得款款软将下来，自己也悠然长叹了一声。

"啥鬼日子也过来了，日后也能挨下去。劫数不到，就吃了也无用。有咱们三个吃他的那一天，等着吧！"

"不是我吃，必是他吃。"

"哪个？"

"还有哪个！"

"吃死了他，都别活！"

"天青,我们领着天白逃了吧!去口外我当骡子当马伺候你,今生今世我亏不了你们父子两个,我给你当骡子当马呀……天青,你就听我一句,领我们逃了吧!"

"碗大一个天,窜到哪儿是个咋?"

"你就不开眼!冤家哎……"

杨天青拢不住她,小母鸽子展开黑压压的翅膀,已飞成了一只苍鹰。

王菊豆踅回北屋,在黎明前暗蓝色的纯净的天光中看到天白赤着膀子坐在炕沿上,两条不到七足岁的瘦腿耷拉着,阴沉沉的目光却像个阅尽沧桑的老人。她哆嗦了一下,站不稳了。炕角瘫子躺的地方发出一声准备充分的冷笑,含混不清而又刻毒无比。她涌着血的腔子里堵了冰块,一点儿一点儿地僵住了。儿子无言地钻进被筒,将小枕头拉离一尺。她以母亲的柔手在余下的夜色里不停地抚摸他,一直摸到太阳阴森森地升上来,手里的冰悄悄融化。早雾里有杨金山的屎尿气息嘲弄地弥散着,雄鸡正在引吭高歌。

山外的风横扫穷乡僻壤,洪水峪也要兴高采烈地公社化了。邻乡传到谣言，称一头犍牛只折二十块的价，若是一头小驴儿呢，简直就得白送。杨天青就担心那匹衰老的骡子。他踱到叔叔的炕头，简短地交代了人世的变迁和时局的发展，想看看老东西有什么反应，平时见他能吃能睡，以为瘫子活得如旧，细端详才发觉这棵老树已朽得不行了。这么大的事变，财产眼看要归公，老东西却不恼不急，只是淡淡地晃着两颗黄色的眼珠，在丑疤累累的脸上凝了一个轻松而持久的微笑。这笑容麻木不仁却意味深长，让天青从骨头缝里发冷。他诧异这不中用的废人竟如此耐活，就这么不肯死，便疑心天意是否含了阴险的报复，要拖累着他，累至无穷。菊豆的心思或许真有几分道理，活得确实太乏了，迟早壮人也得成了瘫子，不知羞耻地在裤裆里屙出屎尿，在众人眼下栽下万世的难堪。人怎么能这么活，他不明白。他想杀了这个拖累么？他真想杀了这个拖累让自己好好地喘几口气么？上苍沉默不语。杨天青呼吸急促地颤抖起来，又在亲叔面前做了大孝的贤侄。

"落马岭的地怕是保不住哩！"

凝固的微笑分明在四处游动。

"骡子也得充公，拉脚挣钱是不行了。"

微笑痉挛着聚拢，在脸上扭成个疙瘩。

"我把它牵出去卖了，得几个算几个。你看行不哩。叔……"

微笑挂了声音，白刃似的向他胸口掏了过来。天青木然地立着，心口窝哗哗地喷出了血浆，手脚随之软软地松弛，撑不硬了。他听清了粘在老舌头上的那个咒骂，世上不会有第二个人能懂，他不听只看那毒蛇芯子般的舌条便也确切地懂得了。

"……败……家的……杂……种，天……杀了……你，你你……"

那只挥鞭似的枯手在浓烈的屎尿气味中舞着圆圈，像一面讨伐的旗帜。空气中弥漫着微笑的碎片，爆炸般的腥臊气浪令人窒息。杨天青跌跌撞撞地逃了出去。远至西水为老骡子与人讨价还价的时候，惨不忍睹的微笑始终在周围的山岭和溪谷徜徉徘徊，近乎愉悦地抛出了不祥的恶兆，随风漫天飞舞。

洪水峪的上中农杨金山领略了出类拔萃的独特人生之后,在山区秋日一个平凡的黄昏之前,悄然地干净利索地死掉了。那天晌午他喝了两碗粥,自我感觉甚佳,便拖着篓子往村巷的太阳地儿里挪腾。他终于背抵北墙坐稳时,太阳已斜了一大块。杨金山靠在那便不动了,像是浴了太多的小风和阳光,沉醉于一种梦境的美好。天白一边喊爹一边舞着柳树枝在他身边跑过,老乔家的娘儿们打个招呼也过去了,谁家的鸡咕咕地恋着他的老山鞋,啄食落在上面的粥痂和痰迹。菊豆自园子里拾掇了秋菜回来,摊着两只脏手扫了他一眼。但见他面含浅笑陶醉地注视着落日的姹色霞光,亮晶晶的瞳仁像两粒珠子。她先去灶间捅了火口,在瓦盆的陈水里洗了手脸,然后才擦着前襟双眉轻皱地走过来背他。只随意地碰了一下,他便大幅度地倾斜,不等拦扶,已经塌了山墙似的轰然倒地。仍在含笑注视着,因了角度和位置的变换他现在注视的是一摊碧绿新鲜的鸡屎,另一摊鸡屎被他的脑袋和耳朵砸在脸皮和青石板之间了。

村巷里抖出了一声干枯的号叫。这声音多年不闻,已使老少男女感到陌生。他们惊奇地循声而来，看到了躺在窄巷的两个人，一动一静，有声或无声，里面的一个分明是丢了命了！另一个披头散发地乱滚，打了自己打死的，又啪啪地拍地拍墙，啃死人身上的衣服，撕扯搭在脸上的乱发，喉咙里的呜叫滔滔不绝，搅烂了洪水峪夕阳淡淡的黄昏。犹如往日沉没在丈夫的残暴里，她又在经受超凡的殴打，叫得声声凄凉，惨绝人寰。然而那丈夫明明是笑着，况且已睡死在神秘的笑里面，永远地归西了。她竟舍不下这个累人而无用的瘫子么？她竟不嫉恨这个狠辣的男人么？她保不准真就是个难得的软娘儿们哩！不是小心伺候着，老东西死不了这么体面，早成了席上的一块烂肉。这娘儿们到底不赖，贤仁至此。真难为她这场好哭。死鬼扣在地上还笑，想必是乐着自己的福气了。洪水峪数他睡的娘儿们最俏嫩，就死了也不枉为人一世。身后剩这么一朵花，不知给谁采了去，老棍子下了坟地也静不下心哩！看看这哭有多俊，诱煞了。看客们终于将她拽了起来，几只有力的爪子托了她的屁股和后背，径直抬入宅院，抬另一位时便如抬了一口待剥的死羊，听任那脑袋在石阶和门槛上磕碰,一路叮咣地响到北屋潮湿的炕席上去了。

"狗日的!轻些!"

人丛后面跳出一个愤怒的声音,笨手笨脚的狗日的们果然就轻了些,乡亲们闪开身子,哆嗦着两片小嘴唇的杨天白就亮了相。看样子还想吼什么,稚气十足的嗓门却哑了。他娘哭得死去活来的时候,他扎在人堆里不肯往前走,受了惊吓似的使劲往后顿屁股,谁拉他也不动弹。此时为了可怜的爹爹终于骂起来了,却依然没有眼泪。他走上前来拨开炕边的成年人,在父亲的脖子底下塞了一个枕头。那脸是歪着的,他认真地把它扳正,让它冲着房柁,手一松那脸却又朝着墙了。来回校正了三四次,金山的脑袋似乎装了弹簧,怎么摆弄也无效。杨天白捧着老父白发苍苍万分固执的头颅,哇一声哭了起来,唐突得很,把屋里屋外的人吓了一跳。十来个鼻子都酸了。哭晕的菊豆本想缓缓胸闷,此时索性并入了与小儿的重唱。人们取下门板,以条凳和篓子垫着,在北屋门口为金山支起了灵台,又在灯盏里添了煤油,三五根火柴划过,长明灯便悠悠地亮起来了。

怀揣二百块骡子钱的杨天青跨进宅门,看见灵台和灵台上摆着的那颗头。叔叔脑袋朝外躺在门板上,肩膀旁边搁着黄泉引路的灯火。全明白了,不用看也明白,因为远在村口的老核桃树底下他就听到了送灵的歌声,儿子尖嫩的嗓音挣脱了菊豆有气无力的嘶叫,在山谷的暮气中来回流窜,像一枚悠扬的哨子。

他面孔痴呆地穿过人群,一边东张西望一边解肩上的包袱。哭声奇怪地戛然而止,炕上的菊豆和炕下的天白似乎受了莫大的干扰,困惑地看看来人的举动。杨天青从包袱里掏出了铅笔盒、橡皮、尺子、练习本,数了数交给天白。又掏出了一顶毡帽和一包糖果,还要掏,忽然想起了什么,把包袱皮卷紧推给了女人。里面是钱和一条花格子头巾。菊豆擤了一把鼻涕,把包裹塞到了屁股底下。最后杨天青没头苍蝇似的在屋中走动起来。这个像是无家可归的吓傻了的年轻汉子,让围观者里的老少娘儿们好一阵难过。

杨天青好半天才明白了应该先干什么事,他下定决心挨近死人,摸了摸瘫掉的那条腿,又摸了摸同一边的脚腕儿，死人的热量大得惊人，燎得他手心滚烫。他的目光怕挨揍似的哆嗦到上边儿，盯住了叔叔生命犹存的笑脸。微开的眼缝里射出了一束弹丸，扑一下贴住了他。他哈着大嘴蹲下了。

有人拉他胳膊，他就顺势站起来。拿了毡帽在死人头上比试了一番，扣上了。取了糖果摊在屋外台阶上，招呼人丛里的孩子过来。没有人动，他便再次抱着脑袋蹲下了。不哭，然而不休地嘟囔。让人听了害怕。

"尝尝吧，都尝尝吧。"

"苹果香的琉璃球，甜煞哩！"

"大家伙儿拈一颗尝尝吧。"

"尝尝吧，你们……"

他的鼻子有响动，渐渐地生了节奏，无助而无望地抽泣着了。人们劝慰，劝得夜色渐浓，咽声断绝，便恋恋难舍地散去，把院子留给了惨淡的明月，射出一地青白。

婶侄两个守灵，那儿子睡到厢房去了。院门紧闭，男人和女人的四只眼无碍地互视，发动了激烈的交流。另一位正在黄泉暗道上赶路，已经顾不上监督人世的纠葛。这边的一切都与他毫不相干了。

"你做下了?"

"说的啥鬼话!"

"做啥瞒着我?"

"你鬼迷了心啦!我可做了啥?"

"你瞒我是轻我,我做强过你,你个妇道人家不怕日后雷击了?"

"魇怔!你叔他整寿去的哩,他福大,我倒省了心了!你看他个好脸,可是吃了的……你就冤了我吧,我苦命人好赖是善不得了。"

"戏够了,做了便做了,怕我顶不下来毁了你不是?俩人的事么,逞啥硬哩!"

"咋就不信!千把刀万把刀剐你个迷了窍儿的呆子!"

"我乱了心,踏实不下哩。"

"灯灭了……不点上?"

杨天青到死人身旁把灯点燃,用取灯棒拨了拨油绳,栗子大的火头噼噼剥剥地溅出黄色的煤油花儿,在夜风里一闪就败了。

他倒吸了一口冷气。

厢房台阶上坐着一个人，浴着月影显得强壮而阴险，却是沉默的天白，小小的身板一堵墙似的大在了秋风低诉的夜里。这院子有什么东西胀得装不下，要崩裂了。

父子俩彼此远远地望着。兄弟俩远远地望着彼此。目光渐渐凝结，又渐渐消散。在深层把握底细的那一个已经有些撑不住，夸张地咳嗽起来。

"风冷！弟，睡去吧……"

"有哥照看你爹哩，睡去吧！"

"明儿个入殓，你瞌睡了咋着？"

"不睡不让你打幡哩……"

小人儿缩着膀子隐回去了，天青打着激灵看看杨金山的死笑，伸手在他合不拢的眼皮上拂了一下，还不闭就着劲狠撸，不再注意结果，逃似的躲到炕沿坐下来，吧嗒吧嗒地嗫开了旱烟叶儿。

真乏了。乏得像是没有力气活了。有福气的是谁？是活的是死的？已想不大清楚，也不懂该怎么想了。

"小瓷壶哩？扔了么？"

"扔啦？见不了人的罪物扔啦！"

他不明白女人哪儿弄来这么旺的火气。见女人取出那个壶，脚板的血便呼呼地涌到了脖子，牙齿咯咯地咬起来。

"还留着？掂量日后喂了我吧！事情都是我坏下的，我活得尽够了……"

"天青，你存心让我吃了不成？"

"吃吧！吃吧！我也吃，都吃！"

小瓷壶挟带着女人的冤屈击中灵台，在门板上迅猛地撞了一个滚儿，咣啷啷弹落屋角。杨天青无心争执，冷静之后拾起它进了猪圈，掘地三尺，以猪的粪尿深深地埋葬了它。天色将明，女人又哀声哀气地演唱起来，为死人尽职尽责地奏响了送行的挽歌，洪水峪在出殡的热闹日子里早早地醒过来了。

大彻大悟充满人生智慧的死者以藐视和怜悯的微笑看着这一切，黄泉坦途浩荡，十万阎罗齐聚欢腾，天地轮回，阴阳人世，洞察一切的杨金山精神抖擞，急欲重返人间，要向辜负了他的无情日月发动报复性的神圣大战。然而他的躯壳灵巧地钻进了一口棺材，叫十几枚生锈的大钉子咣咣地楔住了。

杨金山给人埋掉不久，他的儿子上了小学。他在地底下刚刚寂寞够一年，他的儿子已是升入二年级的优等生。天白与堂兄不睦，常见天青涎着脸与他说话，他小嘴儿吧吧地抢白一气，掉头便走，剩天青竖着愣神儿卖呆。天白对娘孝敬，但菊豆似乎常年不大快活。那院子里所有人都不怎么快活。天青端给人看的是一张沉思劳顿的脸，<u>丝丝缕缕的除了愁纹还是愁纹</u>。三十大几的汉子，年华正旺，不该这么老相的。然而光棍儿就难说了。光棍儿不愁谁愁？愁的就是无从发落的光溜儿棍子哩！

杨金山死后，天青主动与菊豆母子分了户，各挣各的工分，各领各的粮，但是饭还在一个锅里做，盛到碗里天青就端到厢房或巷子里去吃。他知道眼下菊豆是个寡妇，那寡妇有五个谨慎，他这光棍儿便须有十个小心垫着。错半个念头，日子就毁了，人也就毁了，再不能垒起来。天打五雷轰的事情已经做下，两条孤命需格外小心。为了天白也得小心！

然而这确乎是人能够过的日子么？

杨天青深感自己正在成为名副其实的光棍儿。宽宽的火炕越来越宽得多余，他的儿子每时每刻都监视着他，也监视着她，使他们难温旧梦。每当他下决心利用某个时机或某个场所的时候，他的儿子总是适时地面无表情地出现在他的面前，儿子本人不来，也要派冷酷的眼睛来，如高悬的明镜闪耀在空气里。天青在四面八方看到儿子的眼，儿子以另一个父亲的名义严峻地认真地围剿着他，让他五内俱焚心灰意冷。他有一次想掐死这个小崽子，却十次百次地想掐死自己淹死自己吊死自己！女人的腰已经胖起来，失去了往日的苗条，但她仍是他眼里的引火棒，随时都会燃尽了他。他想到自己烧成一堆火，让女人来取暖，也让他来舔她的每一寸皮。她是他唯一的仙，他不向任何别的丑娘儿们俏娘儿们取笑，他器重她的全身并且热爱她每一根毫毛，甚至她腿根里冬日积存的污垢。没有谁可以阻挡他，拦住他去路的只有他的儿子。这是他的种，他的种正在长成大树，把游着飞云的五彩蓝天遮盖起来了。

饥荒年过后，菊豆有了新嗜好，每一季都要回一次娘家。一去半个月,回来的时候便容光焕发。她走后三天,天青去南岭打柴或剜草药,隔三天又去,隔三天再去,直到他婶子由史家营翩然回来。王菊豆在娘家遵循同样的时间表,她也去南岭,干相同的闲活儿。老不死的地主婆常常叹息女儿的薄命和勤快。

在史家营和洪水峪中腰的南岭獾子崖下,远离山道和人烟的草丛后面隐着一穴浅洞,两炕大小,人站不直,需弯着进去。

粮食吃不饱,路也远,两个人赶来聚首往往办不成什么事,没有力气。办不成事也来,因这里是他们夫妻的家。

天青燃上一堆火,脱下袄来让女人给他拿虱子,自己则翻在草堆上,看女人镶在洞口的剪影。他大口地叹气,难得如此自在,却更大声地叹气。女人过来拂拂他的额头,在腮上嘬一下,又忙忙碌碌地去光亮处杀虱子,指甲盖挤得啪啪脆响。巨大的幸福就压了下来,胀满了一个洞,使他几乎不能喘气。

"昨儿个天白又得个奖状。"

"可有上次那个大?"

天青认真地想了想。

"一样的纸,黄底儿,花边儿。"

"奖的啥?"

"算术得个第一,写文儿得个第二。"

"又粗心写差了字不是?"

"谁知道哩。问他,兔羔子不理我!"

"就不能去大队问问教员?"

"说的吧!是我的儿?问疑了……问疑了……不理我也随他!这小崽子……"

天青的鼻子幽幽地酸上来,再说不下去。菊豆为他披了袄,与他在草堆里紧拥着,叹气,远远近近地聊些无关的话。天青说你多好一个人,我这一世亏了你了。菊豆说你多仁义一条汉子,是我这不争气的娘儿们亏了你了。说着说着就泣不成声,像两个丢了娘的婴儿。

温暖的季节,难免分而又合地翻山越岭,赶到獾子崖的家穴里做成一星半点旧事。知道有限,知道不可免,也明白所失与所得是什么,就从容了,不大看重那稍纵即逝的快活。这是方法的一种,为了彼此抚慰各自的灵魂。有时就局促起来,因赤裸相视而难堪,仿佛对活到这个地步感到很不好意思。恰如做了山中兽林中鸟,处境相类,却没有那份自由。伴着他们始终有个窘字,还有一个便是那绵绵不绝的愁了。

"我那亲亲的小母鸽子哎!"

这声音给闷在洞穴里,犹如从潮湿的岩壁上渗出了山的叹息,带了别一个世界的味道。两个相叠的倦人就拆了下来,游着迷茫的眼。

"种不下吧?"

"日子对,种不下。"

"总不做囊子也干了。"

"迟早要干了的。"

枯萎的语调像是在谈论地里的庄稼。确是干涸了。天青的脖子与腿上的筋藤条一样伏着,触上去就觉得那是长出肉外的束束软骨,很韧也很滑。菊豆两包新坟似的胸浅了,像永远也填不满的装谷子用的小口袋。钻出洞去,突临的天光便照亮女人的轮廓,晶莹着的只有黑发里的白发,不知何时竟多了起来。天青把自己的柴拨给她一半,看她吃力地背走,那肘上的方补丁和屁股上的圆补丁勾得他要下泪。他急促地跟几步,停下来,再跟两步,就站着不能动了。

"菊豆,别走闪了呀!"

"菊豆,你看着走……"

柴压得女人转不了身,一只手无力地向他摇。他无言了,它还在摇,一直摇到不见。天青愣在荒凉的山岗上,不知自己该往哪里走。山道弯曲,在他眼里已不是路。他脚下的路越走越窄,窄得眼看就要消失了。

山地闹四清四不清的年月,史家营王麻子的遗孀以适当的高龄幸福地辞别了人世,也拆掉了她女儿暗地架设的爱情桥梁。失去回娘家的借口,两个穴居人就把舒适的山洞重新还给了黄狐和野獾子。它们对这里的喜爱和需要绝不在他们俩之上。它们更适合四处漂泊,漫山流窜。荒野毕竟是它们的。它们讨厌在这儿或在那儿嗅出的人的味道。它们希望山风把这种可怜巴巴的味道吹向九霄云外,吹到它再也回不来的地方去。

那年王菊豆得了腰疼症,不能下地挣分了。偶尔上工,爬到炕上两天起不来。小学毕业的杨天白放弃了上初中的准备,休学之后便拎着锄杆子做了社员。田野里多了一个勤快人,都说杨金山下的好种,能文能武的真是不赖,寡妇人头老来有望了。

光棍儿杨天青踩住了一块云。路已没了。他等着哪天云开雾散便一头栽下去,或许竟能没着没落地飞起来,了结了一生的残梦。

八

山村洪水峪陷入了生动的岁月。乡亲们认字与不认字的共同识别了一件新事物。认字的捷足先登挥起如椽大笔,不认字的也到大队部往家里张罗不要钱的粉的绿的或白的纸张。乡风淳厚的人们突然地屈服于偷袭同类的诱惑,准备各自八面出击,打一场让日本人头疼过的更加神出鬼没的山地游击战。

第一张大字报说的是大队长某年某月因某事打了某人六个嘴巴。道歉是道过了,但是应该赔得更实在。这张纸的尾巴上豁然写道：把钱交出来，我要治牙疼！

另一张大字报表的是某人故意放养家里的瘟猪，把半个村子的猪都连累得死掉了。纸上签名的是十八家的户主。看样子有心要使某人倾家荡产。

新一张大字报击中了脾气随和的大队书记。称他捏过某媳妇的某个器官。啥器官却不讲。只道某媳妇没上吊也没说出来是怕着他。现在不怕了，她要斗争他，看他再捏不捏！

斗争！斗争！这是最后的斗争哩！

就乱了。就一塌糊涂而有趣了。

终于在一张纸上读到了菊豆。书法是半熟的柳体，署名的却是二傻子田锅。傻子记不清年月，代笔的有良心而没有杜撰。情景却渲染了。下边的人没有看清，压在上面的确是菊豆无疑，地点在南岭山道旁的灌木丛，田锅起初以为是狍子或黄狐哩！厚道仁义的老乡亲们感到诧异，但是不敢看这张纸。只有一群起哄的赖子挡住田锅，让他讲。傻子惊惶地吧嗒着嘴唇，不知如何讲起。有人递给他一支烟卷儿。

"她咋压着来？"

"像在水泉捣衣裳不？"

田锅抽着烟平静了，弯腰做伏地状，见众人大笑便皱着眉头直起来，怕人抢去似的在烟棒上使劲儿唼嘴。

他一起一伏地像认真做着一件事。有烟抽他肯一天到晚这么做下去。杨姓族里的见到这一幕，都灰溜溜地绕开了。准备回家为别人炮制更硬的炸弹。傻子也跳出来了。这个世界已不成个世界了。毁了狗日的吧！

杨天白读到这张纸以前先读到了一些人古怪的表情和更为古怪的窃笑。读懂之后又看见了人堆里表演的田锅。他扭头钻进了大队部旁边的木工房，出来的时候手里掂着一把寒光闪闪的斧子。他一点儿也不张牙舞爪，英俊的脸甚至显得过于平静，像进山伐木一样溜溜逛逛地朝那堆愉快的笑声凑过去。无声的信号使人群刷一下散开，傻子惊讶地闪过冲脑门刮来的凉风，顿时聪明了。他紧紧捏着半个烟蒂，毫无目的地狂奔起来。怒火熊熊的杨天白终于爆发了，像子弹一样紧紧追着他，雪耻的斧头像奔腾的马脑袋，令人恐怖地一纵一纵地朝前猛窜。傻子向遥远的南岭失声大叫。

"饶命呀!杀了呀!"

"我压着我来!"

"我屁股压着我肚子来!杀了呀……"

二傻子田锅由梯地的坡头滚了下去,像野羊一样哗哗地趟过了溪水,一头扎进了幽深的老林子,枯树枝嘎巴嘎巴地响了很久。

杨天白把斧子扔回木工房就回家了。

"好样的,天白!"

"你爹是上中农,咱怕谁?!"

同道的族里人与他搭腔,他理也不理。脸是少见的阴沉,似乎已崩溃于强烈的打击。回到宅院,见母亲在灶间做饭,猪圈里是起粪的堂兄,他就不知道该做什么好了。想静下来装下镐把,怎么也装不对付,索性抡起来砸烂了窗沿下的咸菜缸,还撒不了气,就把镐头和镐把扔到院墙外面的地里去了。

三个人之间两天无语,哑着。

田锅的老实爹拎了半斤桃酥给菊豆赔不是,吭吭地讲不出什么，就骂儿子，骂顺了舌头，便夸天白的孝敬，夸菊豆的贞洁，夸天青那侄子的厚道，最后连死人也夸了。说杨金山真是顶精明有福气的庄户把式呀！

"这鸡子吃得肥哩！"

来不及夸圈里的猪，他就给菊豆请出去了，走出半里地还在点头哈腰，似乎儿子得罪了山山岭岭，他就必须给草草木木赔上一万个不是加两万个小心。

人人都活得有些不行了。

二傻子田锅傻得更加不堪，终于做出了开天辟地的事，让洪水峪全村为之羞愧。他把菜缸里挟咸萝卜用的六道木筷子伸到了不该伸的难以想象的地方，在直肠上过于陶醉地穿了一个洞。腹膜感染差点儿弄死他，由县医院回来半年才恢复了活气，并且似乎比过去机灵了不少。他不懂羞惭，因而老是甜蜜地笑着。下贱人逗他辱他，他还是笑着，很幸福。

"哥这儿有根筷子，田锅你用不哩？"

"我用你娘那窟窿……"

笑得就更甜蜜而聪明了，仿佛万物为他所用，想用什么就能用到什么。世界对他是仁慈的。以后人们听说，他爱上队里那头三岁的漂亮的小草驴儿了。

杨天青在洪水峪平淡的骚乱中度过了四十岁生日。他修大寨田时卖呆力让垒石砸伤了脚，躺在厢房的土炕上养伤，回想了一生中诸多难忘的往事。他心平气和，原谅了一切从而也原谅了自己。人世是公平的，老天爷照料了他，让他得到了能够得到的一切。他没有什么抱怨的了。

菊豆过来给他敷药，见他目光呆呆地盯着熏黑的屋顶，就心有灵犀地红了眼圈。

"天白指鸡骂狗的，不听就罢了。"

"我儿是好儿子，听他骂也舒心哩！"

"哪天我把事情说给他。"

"那是要他的命，随他吧。"

"苦了你……"

天青抓住她的手，愣愣地往怀里拉，俩人就拥合了。儿子的眼悠悠地悬在了一处，天青狠心地不看不想，以嘴抚平她眼窝的深沟。冷得久惯了，菊豆有些惊惶。天青颤巍巍地往低处扳她，终于促她跳了起来。

"几年冷也冷了,看毁了咱俩!"

"天白轧地哩,回不来。"

"他半腰闯回来的时候少?"

"闯回来就说给他。菊豆哎,咱俩都老啦,老得不行啦……我那菊豆!"

"做就捡个时辰……"

风韵犹存的王菊豆从厢房里撒出来,做饭洗衣时通红着脸,感到了多日不见的快活,像是复归了往昔的岁月。自己的男人忘不掉自己,她骄傲地踏实了。

冬季一个日子,在大寨田里给梯地垒墙的杨天白打短歇时没有喝队里烧的热豆汤,借口回家寻块干粮就匆匆地走开了。路上他一直想着母亲近来的脸色,及堂兄可疑的宁静,刚踏入村巷便吹起了哨子,大口吐痰,让鞋底在青石板上磕得重些。

院子无人。屋里无人。圈里灶间里没有,柴垛秫秸垛后边也没有。天白的头发嗖嗖地竖了起来,像老鼠一样乱停乱窜。他从案板上操起一把菜刀,撩开北屋的炕席,又撩开厢房的炕席,寻找必须砍杀的东西。他心里万分冷静,如果堂兄果真做下了,又让他抓住了,他就剁了他!像切瓜一样剁了他。

他想杀了母亲!

他想起北屋后山墙的菜窖,脑袋咣咣地裂起来。窖口捂着盖子,不像有人。捂得这么严紧,不可能有人。去年芦花鸡就让他误封在里面,被烂菜的霉气熏死了。想到死鸡,他提刀的手有些打软。挪开木盖子他看到了扶梯,看到了几束萝卜和一团浓浓的黑。他回去以刀换了把手电,下决心钻了进去。

只迈了三节梯格他就靠在那儿不动了。昏黄的光柱照射着土豆堆,和土豆堆旁的几条麻袋。娘和堂兄并着头,丑恶地缩着身子像是承着天大的冤屈和愤怒,要给人世一个黑暗的放纵的反抗。两人已不省人事,但醒着的听到了合二为一的光滑的呼吸声。

杨天白以悲愤的心情做了一件从未做过的事情,他为他四十四岁的母亲穿上了裤子。把她背到北屋的炕上以后,他已经不准备去背另一个了。

他闭紧了院门,考虑要不要把窖口堵上。想了想终于没有做，懒得做，因为浑身上下没有一点儿力气。他苦笑着傻子了似的看着菜刀的亮刃儿，想用脖子好好地在上面试一下。

纯净的空气使王菊豆睁了眼，又闭上了。意识尚未清醒，嘴唇喃喃地要说什么，几个让天白不忍听的字眼儿便随着口涎一块儿流了出来。

"天青，我憋闷呀……要死啦……"

母亲求助的手在席子上抓来抓去，勾起了残破的苇片，咔咔的像是喉骨断裂的声音。天白看得愣了神儿。母亲发丝上粘了菜窖的蛛网，像一朵凋谢的白花儿。

他打湿了毛巾，为母亲拂去脸上的尘土，擦得很仔细。那只手还在枕头旁边抓来抓去，像挠着一颗心，要挠得它滴出鲜淋淋的血来。

"天青，我那苦命的冤家哎……"

"闭嘴吧！娘！……你闭嘴吧！"

杨天白再也支撑不住，跳起来朝菜窖跑去。杨天青给撂到厢房的破苇席上，嘴巴仍旧死鱼似的张着半圆，里面似乎含着不及吐出的千言万语或一句半句的呻吟，又像叨着不解的惊讶。他惊讶为什么在他寻找生命欢乐的关键时刻，总是受到不公正的突然袭击和捉弄。他想用菜窖的木头盖子把自己和女人隔离于上面阳光明媚的世界，却没有想到压迫他的力量无孔不入，一氧化碳的浊气把持续的羞辱和报复推到了极点。他无法理解。他因为无法理解而发出丑陋的无声的惊呼。直到杨天白往他头上泼了两瓢泉水，又用最刻毒的语言诅咒他的时候，他的大嘴才缓慢合拢，咬紧了。

"王八蛋！"

他听到了儿子的声音。滚到膝盖和胳膊肘下面的山药蛋已经消失，而裤腰带分明系得很紧，在不熟悉的地方结了不熟悉的疙瘩，他的神智便再度模糊，永远不打算睁眼了。他失去了观察任何物体和情景的欲望，温暖的菊豆在心窝里伴着他，他已经别无所求。

杨天白没有上工。他自己凑合着做了晚饭，只给自己和母亲盛上。母亲吃不下，也羞于吃，却指了指厢房。天白不搭理，她又胆怯地哀求地朝那边指了指。天白死勾勾地盯着她，盯得她浑身打冷战。

"顾了你自己吧！这家有我没他！"

黑洞洞的小厢房里鸦雀无声。

第二天收工回来，杨天白看到堂兄那畜生离开灶间，手里颤巍巍地端着一碗粥。他冷笑着从旁边走过。恶毒地啐了一口唾沫，摔摔打打地丢着农具。那畜生就不敢动了。

"天白，活儿累不？"

"累死牲口累不死人！"

"我脚伤好了，明儿个上工……"

"哪个拦着你！"

"弟，你哥……"

"狗日的有脸填嘴！心肠哩！"

杨天青把粥碗搁回灶间，古怪地笑着，迷迷瞪瞪地走到猪圈，打个愣儿又走向鸡窝，终于大吃一惊似的仓皇地逃进了厢房，咕咚一声，像是绊倒了顶门杠。安静了。片刻之后是女人几乎听不见的啜泣，像几只饿鼠在暗处里磨牙。冤家脸上的苦笑和儿子脸上的快意深深地杀着她了。却大羞而无言。

杨天白不肯退让，局面终于闹到不分食就不过的地步。杨天青分到了一口水缸和一口小号铁锅，外加两只破碗和一些别的器具，过起了独立门户的日子。他盘了一口泥灶，火旺却倒烟，在村巷老远的地方就能听到他连续不断的咳嗽声，那种死去活来的味道让人听了怪难受。人们不知道这条光棍儿安安稳稳的日子里发生了什么事。他处事那么仁义，不像是与亲戚闹纠纷的人。分食也好，光棍子图的不就是无牵无挂的自在日月么？但是人们又看到这体魄健壮的汉子与往日不大相同，神情木然，地里的活儿做得很不利索，打歇时不论旁人如何谈笑，总躲个静地界儿远远地看山，找一件总也找不着的景致。便说，这可怜的光棍儿显然是熬坏了，不行了。

那干净的寡妇也有些蹊跷。村巷里总也见不到她，碾子和园子里也少见。逢了妇女的会或大队里演电影，别想找到她，一概是不去，借口腰疼和心口疼。心口疼是娘儿们常落的疾患，但人们却叨咕，说这俏寡妇像是也守得乏了，不行了。族里沾亲的妇人去拜望她，发现她脸皮子变薄，蒙了一层又一层褪不掉的害羞，听话接话时溜溜儿地躲旁人的眼。许多乡亲忆起了二傻子编的那张纸,其中几个精明的想得更为深入,再看女人和女人的侄子时便用了异样的眼光,值得研究的东西不由地丰富起来。人们背地里多了一件事,饮食和睡眠也就有些滋味,不再乏乏得打不起精神来了。

四个月之后,王菊豆神不知鬼不觉地去了史家营附近的四马台,在亲妹子家一住不回,过起了寄人篱下的日子。护送了她的杨天白返村时像尊凶神,逼退了一切猜疑、询问、安抚的目光。不足十八岁的后生走路鼻子眼儿朝天,把谁也不放在眼里。人们就叹息小崽子的草莽,说是比老金山的怪性子更不招人待见,整日杀声杀气的迟早有哪条软命得断在他的手心,临了毁了老金山的血脉。

光棍儿杨天青一天比一天恍惚了。

天白在园子里摘花椒,让树上的刺碰了手,血流得不多却不止。在一边割韭菜的天青睡着了似的走过去,捉住天白的手要看看。天白措手不及,堂兄的力气又奇大,就恼了。

"你干啥!"

"我给你治,看这血粒子……"

他慈祥地笑着,捂小兔一样攥着天白的伤指,竟探嘴嘬了起来。天白恼羞成怒,使猛力甩他,把他甩得跪到了菜畦上。杨天青仍旧不肯松开,苍白的面孔猛烈哆嗦,看着吓人。

"我是你爹!天白……"

天白愣住了,一阵恶心。

"老子是你亲爹!儿子哎!"

"狗日的你疯啦!你疯啦!"

天白不能摆脱,终于恼怒地踹了一脚,把杨天青当胸踏翻在绿油油的韭菜地里。他走到园子边缘突然站住了,像听清了什么,像念起了什么,回头看看躺在那里的人。轻轻抽搐的那个人从来没有像现在这样令他恐惧,他害怕了。

"你真是疯了……"

他向水泉走了几步,然后飞跑起来,在溪边的柳树棵子里像狂风一样奔驰,一直刮到远离村庄的密林深处。躺在园子里的那个却无比安详,他抚着疼痛的胸口窝子,感到茂密的韭菜毛从两边摸着他僵硬的脸皮,一边是女人的手,另一边是儿子的手。他看见了儿子哭婴一般的白白胖胖的脸蛋儿,看见了女人落雪山丘似的美丽绝伦的乳房,蓝天上的白云盛开了,天边的花束勃然怒放,淹没了他的眼睛。

又过了四个多月,另一个值得纪念的日子终于降临了。清晨,大队的有线喇叭招呼各家派一个成人到队部开会,传达领袖指示。天白早早地离了院子,没有注意厢房的动静。邻家的汉子进院讨烟叶子抽,见北屋空着,就推开了厢房的门。炕上没有天青,烟笸箩搁在枕头旁边,他乐呵呵地装满了一口袋,又卷了一泡才向外走。这时他无意中看看北墙,好像有什么东西不对付,走到门外又回头扫了一眼。烟口袋哗的散到地上,他哆嗦了半天,终于大叫起来,磕磕绊绊地冲进了村巷。天白明明在老乔家门口跟人聊天儿,他却视若无睹,疯了似的朝干部家跑去。

"不好啦!不好啦!"

"出了人命啦……"

"光棍儿扎了缸眼子啦!"

洪水峪上空轻雾缭绕，林子里有鸟的叫声，太阳正爬起来，让雾遮掩得黯淡无光。凄厉的呼喊被这个寂寞的早晨吸了去，也被沉睡的山峰吸了去，显得有些夸张而不太真实。喊他娘的啥哩？庄户人揉着蒙眬的睡眼，三三两两地走出农家小院，打着呵欠。喊他娘的啥哩！这狗日的天光很不赖么，露水多大，庄稼足足的是饱了。

干部们赶到了天白的前头。小队长看明白情景就乍开了两条胳膊，堵在厢房门口像发表演说或煽动起义一样大喊大叫，显得非常激动，非常胸有成竹。

"报告大队！报告大队！"

"报告公社！我们要报告公社！"

"不能坏了现场，干部们站出来……"

"退出去！妇女都退出去！"

终于醒悟的人们已经野蜂似的围了过来，院里院外的人头黑蛆一样扎成了团儿。

杨天青对此无动于衷。他赤着身子，在腰眼子打了一个大折扣，很优美地扎在北墙根摆的那口水缸里。水从缸沿溢到地皮，湿了黑乎乎的一片，这一片便是他投到缸里的上半个身子的重量了。昨晚上人们不明白他为什么见星星了还急着担水，一个人有那么多水要吃么？现在他们已经明白。

杨天青对着人们的是尖尖的赤裸的屁股和两条青筋暴突的粗腿，像是留给人世或乡亲们的问候。那块破抹布似的东西和那条腌萝卜似的东西悬垂于应在的部位，显示了浪漫而又郑重的色彩。壮年人惊讶于那个屁股的白，几乎疑心平时不大注意的自己的这个东西或许也能如此干净。青年和少年则夹紧了裤裆，慌乱地想到自己和迟早要与自己有关的一些美好的麻烦。妇女们不曾看到，让未谙世事的小儿报信儿，儿子跑回来腆着小鸡子拿手长长短短地一比，就羞红了脸，还儿子一个清脆的嘴巴。

杨天白傻了。他破例地被邀进厢房，却找不到能待的地方。他以热烈而又冷淡的目光注视姿态神奇的死人，最后大胆地盯住了那微微敞开的胯部。他目不斜视，似乎已对那团美丽而又丑陋的物质着了迷。他研究它的属性，怕冷一样大抖了几下，仿佛已经有所得，已经辨出了自己十八年前走过的狭窄道路，以及曾经给他以养育的原始而神秘的住宅。他拨开人群走出去,搬了根杏木桩,起先坐在上面,后来就没头没脑地抡着一把斧子劈起了它,劈出了整齐划一的干燥的杏木段子,就这么劈到人群走散。公社的干部大摇大摆地走进院子时,杨天白已是汗泪如雨,痛不欲生。

几个儿童在山坡上叽叽喳喳地前进。

"天青伯好大一个本儿本儿!"

"咱长成了都有好大的活儿哩!"

"本儿本儿哎!天青伯的本儿本儿哎!"

他们抽几根谷穗子,持在手里像旗帜一样挥舞,欢呼着冲上了鲜花点点的山岗。

一九六八年阳历九月七日,洪水峪的大光棍儿和爱情英雄杨天青与世长辞,无畏而莫名其妙的慷慨就义了。他以身殉私的行为给山村带来一些不必要的骚动,但是乡亲们毕竟处于见多识广的幸福岁月,注意力很快就分散,不再纠缠糊涂的自杀者。他死因非常明确,熬光棍儿熬灰了心,寻那么个怪法子可以理解。但是同姓的老辈子人怜惜他,称他是口渴,喝水时犯了炸心病,死得很舒坦的。又称他要么就是在水里见了什么,想进去会一会,不料进去就出不来了,或者是会上了想见的东西,不想出来了。他会的是什么,人们不太明白,不易猜就不猜它了。他死前几个月总在傍黑时蹲到南岭的小高坡上抽烟,远远地向南边看,想必思谋的是同一个东西了。最后给他在水缸里捞到,是他的福。死得还算不软。

王菊豆没有回来参与侄子的丧事,因为几乎就在得到凶信儿的同时,她早产了一个精瘦的男性婴儿。这很能说明问题的消息是将近半年之后由四马台传过来的,洪水峪乡亲听到它恍然大悟,继而大怒,继而大快,继而大悲,继而……就什么也没有了。王菊豆在妹子家终于住不下去,领着名叫小二儿的东西回了自己的家乡,众人冷淡地同时又关切地迎接了她。仍旧参照了族里的老名谱,摆来摆去甩不脱一个天字,老辈子做主,把二小子唤了天黄。以天字论,说明杨天青受尽磨难而得到的仍旧是个弟弟,跟天白一样。但人们只知道这小个儿的是天青的种,却不知道那光棍儿多么有福,还留着一个种。眼看着大的小的长成了一个模子,却一致认定那大的是老金山的后,和小的是完全不同的传人。

九

话说民国三十三年秋天——那个落雨的秋天的日子已经死掉四十多年了。事到如今,远近闻名的俏寡妇已经苍老得不成个样子。她的闻名一是因为美貌过人,一是因为她给叔侄俩各孕了一个儿子,为两条血脉付了牺牲且忍受了极大的耻辱。每逢清明时节,她就去杨家坟地在两个辨不清谁是谁的土堆中间坐下,掏出干干净净的手帕,抑扬顿挫地放开苍凉的喉管,为她伺候过的两个男人高歌一曲,那悲哀的调子是洪水峪所能听到的最动人的音乐。

"我那苦命的汉子哎……"

坟堆静静的,不知睡在里面的人感觉如何。谁是那苦命的汉子呢?两个人为女人和儿子的所有权打得怎样了呢?是杨金山踏翻了杨天青,还是杨天青掐住了杨金山呢?看老寡妇哭的伤心样儿,莫非已打得不可开交了么?这是文化不够的洪水峪人时时担心的严重问题。在他们看来，有仇的人早晚会大打出手，而寂寞黄泉自古便是头破血流的世界了。

　　杨天白和杨天黄活得比父亲们强。天白娶妻后性子柔了不少，只是不肯听人提他的爸爸。他自己也做了爸爸，他很疼儿子。天黄认真读书，竟读进了县城师范。眼界比较开，又时时激愤于自己来历不明或来历太明的身世，活得努力但总散着些玩世不恭的味道。脸俊似娘，体壮如爹，很合适做一种俘虏。分配到桑峪小学教语文，弄大了一个肚子；调到西水教数学，又喂大了一个肚子；最后调至齐家庄，还是多情，眼见一位女教员的肚子鬼使神差地大起来。人们就认定他是一个淫棍。不过这一次虽然仍旧刮了胎，但他已经安静，看样子有心守着这唯一的肚子永永远远地周旋下去了。洪水峪有人在县街上见过他俩，小娘儿们果然俊白，她拖着天黄的胳膊像拖着一件吸引力十足的战利品。令纯朴乡亲不乐意的是小娘儿们的牛仔裤，让人用过的臀熟坏了似的胀得滚圆，像一匹每时每刻都在发情每时每刻都准备踢谁一蹄子的小母马儿！天黄那不争气的小崽子逢了天煞星，算是完蛋了。他就不肯像他爹那么认真。他爹?那是一条多么仁义多么厚道多么懂规矩的汉子呀!

那汉子活到眼下怕要伤心得不行。他的小母鸽子已不是鸽子,也不是鹰,而是一只脱了毛的老母鸡了。老母鸡没有什么不好。老母鸡在照料她的雏和雏的雏儿。母鸡终归是母鸡。母鸡永远有着公鸡不可替代也不可比拟的优点。天青那光棍可以安息了。

夏日来临,在他为叔叔净过身的透明的水塘里,经常聚满了时时在纪念他的扑澡的半大孩子。他们从水里爬出来,让阳光尽情照耀赤裸的身子,照耀他们茁壮成长的下体。晒得热了,就下意识地攀比起来。有早熟的便傲岸地在大石头上踱步,一颠一颠的像敲着一把结实的小榔头儿。一旦受到膀胱的催促,便情绪激昂地站到石边。白花花的尿绳就拉出了阳光的七彩,击中小溪对岸的野花,惊散了嬉戏翻飞的蝴蝶。这种莫大的荣耀使成功者愉快。

比较软弱的失败者不屈地鼓起了嘴。他们望着天空,寻找他们的救星和伟大的男性之神。他们恢复了无畏的必胜的意志。

"你赛过天青伯的本儿本儿,就服你!"

"他是大人。"

"你爹要赛过天青伯的本儿本儿,就服你!"

"他死了!早死了!"

"你赛过死人的本儿本儿,就服了你!"

"算啦,咱不跟鬼比。"

孩子们就不响了,就惭愧地把自己遮掩起来。他们没有见过活着的天青,也没有见过死时的天青,但是他们知道一个不朽的传奇。那传奇的内容有时会打乱他们年幼的梦境,使他们自己跟着冲动或悲哀起来。大苦大难的光棍儿杨天青,一个寂寞的人,分明是洪水峪史册上永生的角色了。

无关语录三则

(代跋兼对一个名词的考证)

它是源泉,流布欢乐与痛苦。它繁衍人类,它使人类为之困惑。在原始与现实的不朽根基上,它巍然撑起了一角。即便在它摇摇欲坠的时刻,人类仍旧无法怀疑它无处不在的有效性及其永恒的力度。

——[波]胡梭巴道夫斯基院士:《人类的支柱》

是年秋,余往西山察御碑雕凿事。……闻双清庵居左岭幽林,遂绕往观之。途半,偶见秋野有奇谷生。其穗偌大,寸八短长,横径寸二。行者皆叹曰:"硕哉!"有老妪荷锄当田立,余问之曰:"此谷何以壮?"不答。曰:"何以名之?"妪曰:"本儿本儿谷。"复问之曰:"本儿本儿何也?"老妪哂笑若颠,以锄引余脐下,指轿夫胯隙,皆顿省其邪,惊之。取壮穗一,详察,果硕之焉!夜思京华,废寝掌灯持穗以观之,幡然有思。本者,人之本也。又本者,通根,意及男根也!以本儿本儿命之阳具者奇,命之以谷禾者大奇。食色并托一物,此幽思发乎者谓之佳才,可乎?至曙,出村西行。金风摇秋,田亩谷浪不绝,兆万本儿本儿瑟瑟声动,欲撼山兵矣!忽一念:以本儿本儿命阳具者为圣贤。以本儿本儿命此谷者乃天下第一大淫人也!掷穗足下,磊然踏之以行,不复思居京美妻群妾另官宦利禄又饮食男女尔哉!羞惑以志之。

——〔清〕嘉庆丙辰举人吴友吾:《西山笔记·卷五》

欧陆北部山地的岩石上,有原始部落民的绘画,其中的武士以三条腿走路,挺两柄利器作战。这种惊人的性的攻击性,冲破后发的宗教(包括哲学)的遏制与调和,终于导致了西方现代的性崩溃。梦想以三条腿走路的种族,在成功的劫掠之后正为寻找新的平衡而苦恼。这是有趣的事实。

同样有趣的是东方的性的退缩意识。横行的儒家理论在温文尔雅的外表下，潜伏着深度的身心萎缩，几乎可以被看作是阳痿患者的产物。古中国医用的男性裸塑，其性特征无非是比肚脐略微突出一些的东西而已。明代的突进以闹剧开始，经历了恶少般的天真和放纵，王朝随之覆灭，古国一蹶不振。这导致了几乎是神经质的新的全面退缩，却并没有妨碍中国人成为善于生育的种族。这个事实已经不仅仅是有趣了。

——［日］新口侃一郎博士：《种族的尴尬》